17살에 만나야 할
우리 얼잡이

17

17살에 만나야 할
우리 얼잡이
17

박덕규 지음

개미

    길을 인도해 주는 사람이나 사물, 또는 그런 구실을 하는 지침을 우리말로 '길잡이'라 한다. 비슷한 말로 '길라잡이'라 하기도 한다. 불투명한 미래 때문에 오늘을 떨고 있는 우리 젊은이들에게는 이러한 길잡이가 절실한 상황이다. 무엇보다 인간다운 삶을 침해하는 물질적 위협과 유혹 앞에 놓인 젊은이들의 정신을 정화시키고 참다운 인간의 길을 일러주는 정신의 길잡이가 많았으면 좋겠다.

    우리 사회에서 이런 유의 길잡이를 언제부터인가 흔히 '멘토'라 불러왔다. 나는 그 말보다 순우리말 '얼'을 살려 '얼을 바로주는 길잡이'라는 뜻으로 '얼잡이'라는 말을 썼다. 낱말로 합당한지 여러 전문가들의 의견을 물어 동의를 얻었다.

    나는 우리 역사에서 처절한 시절을 살아내면서 목숨을 위협받는 상황을 겪으면서도 끝내 자신을 지켜 위대한 정신의 궤적을 보임으로써 후대의 귀감이 되는 분들을 '얼잡이'라 부르고 싶다. 무엇보다 인간이 견지해야 할 정신적 가치를 삶의 실천으로 보여준 '인문의 선지자'들에게 이 이름을 바친다.

　오늘은 17인의 얼잡이를 이 자리에 불러 우리의 젊은이들에게 안내했다. 이 분들은 주로 우리에게 그 삶의 가치와 더불어 명작을 남긴 문학인들이지만 그 외에 학자, 의사, 군인도 있고 근대 이전의 역사에서 정신의 표상으로 남은 분들도 있다. 다음 세대의 주역이 될 이들이 이들 얼잡이들에게 갈 길을 여쭙고 진정한 삶의 가치를 배우고 익히기를 간절히 바란다.

　여기 실은 글은 대개 같은 맥락으로 집필된 것이지만 일부는 형식을 조금 달리하기도 한다. 대구경북연구원의 기획출판물, 단국대학교 학보《단대신문》등에 실은 원고를 고치고 다듬은 것들이 많다. 기회가 있다면 전편 모두 단일한 의도로 집필한 또 다른 '얼잡이 책'을 내볼 작정이다. 이책을 위해 도움을 준 분들께 감사드린다.

2017년 1월
박덕규

| 차례 |

내 안에서 길을 찾아내는 법

1. 멘토를 찾는 시대

인생을 살아가는 데 도움을 주는 정신적 후견인을 일컬어 '멘토(Mentor)'라 부른다. 이 말의 어원은 '트로이 목마'의 고안자 오디세우스의 행적에 관련돼 있다고 알려져 있다. 오디세우스는 그리스와 트로이 사이에 일어난 이른바 '트로이 전쟁'에 그리스 진영으로 가담한 이타케 왕국의 왕으로 전쟁에 참전하게 되면서 아들 텔레마코스를 한 친구에 맡기게 된다. 오디세우스가 전쟁을 승리로 이끈 일과 이후 귀국에 이르는 10년의 모험에 관한 이야기는 각각 호메로스의 서사시 〈오디세이아〉와 〈일리아데〉로 남아 오늘날까지 전해지고 있다. 그 시기 오디세우스가 집으로 돌아올 때까지 텔레마코스의 친구이자 선생님 역할을 하면서 성실하게 돌봐준 친구의 이름이 바로 '맨토르(Mentor)'였다는 거다. 그 뒤로 어린 세대에게 믿음과 지혜로 조언하고 길잡이가 되어주는 사람을 멘토라 했다고 한다.

이 멘토라는 말이 21세기 한국 사회에서 아주 널리 쓰이고 있는 대표적인 표현이 된 것은 왜일까? 그것은 아마도 우리의 미래를 책임져야 하는 젊은이들의 정신적 방황이 날이 갈수록 심해지고 있어 이들의 길잡이가 되고 본보기가 될 사람의 역할이 절실해져서라고 할 수 있다. 경험 많은 선배에게 멘토라는 이름을 달아 신참이나 후배를 이끄는 제도를 운영하고 있는 학교나 회사가 흔해진 것도 이런 까닭이다. 각박해진 세상의 강압을 헤쳐 나가려 애쓰는 후진들을 위해 경륜이 있고 지혜로운 이가 도움을 주는 사회 풍토는 참으로 바람직하다 할 수 있다. 한편으로는 굳이 멘토에 의지해서라도 구원을 받아야 할 사람이 너무 많아진 세상이 되지 않았나 하는 답답한 심정이 되기도 한다. 나아가 예산 지원이나 제도적 관례 때문에 생겨나는 멘토만 흔해지고 실제로 '정신의 지도자'나 '영혼을 일깨울 선지자'와 같은 수준의 멘토는 보이지 않는 듯한 아쉬움도 있다.

2. 새로운 말 '얼잡이'를 세우며

길을 인도해 주는 사람이나 사물, 또는 그런 구실을 하는 지침을 뜻하는 '길잡이' 또는 '길라잡이'라는 우리말이 있다. 오늘날 인간다운 삶을 침해하는 물질적 위협과 유혹 앞에 놓인 젊은이들의 정신을 정화시키고 참다운 인간의 길을 일러주는 정신의 길라잡이가 필요한 때라는 생각이다. 그런 역할을 하는 사람을 멘토라는, 외래어이기도 하거니와 얼마나 세속의 때가 묻은 말 말고 좀더 참신한 용어로 표현하고 싶어진다. 나는 그런 용어로 우리의 정신, 즉 얼을 바로잡아 주는 길잡이라는 뜻으로 '얼잡이'라는 이름을 만들었다. 그리고 그 얼잡이로는 무엇보다 생존이 위협당하는 절대적 억압 상태를 정신적으로 이겨내며 새로운 세계를 창출해낸 문학, 역사, 철학 등 인문학의 여러 분야의 고명한 분들을 세울 수 있겠다고 생각했다.

우리는 살면서 여러 차례 자신의 자존을 걸고 결단을 해야 할 순간을 맞는다. 그것은 때로 생존과 직결되는 문제로 우리를 심각하게 괴롭히기도 한다. 가령, 참으로 반윤리적인 일감이 높은 연봉으로 나를 유혹하기도 한다. 나에게 반사회적인 행동을 요구하는 분위기가 조성되어 있어 꼼짝없이 그것에 따를 수밖에 없게 되는 일도 있다. 사소하게는 먹고 마시고 대화하는 중에도 우리는 자존에 대한 위협에 시달릴 수 있다. 눈 한번 슬쩍 감고 수용해 버리기만 하면 나를 비롯해 당장 많은 이에게 편리가 돌아간다는 유혹은 정말 달콤한 것이다.

혼탁한 세상, 암울한 미래가 우리를 불안에 떨게 한다. 많은 젊은이들이 이럴 때 자존을 버리고 손쉬운 결론에 내몰려 그것에 휩쓸려 버리곤 한다. 사회지도층에 있는 사람들조차 자신에게 찾아든 출세의 기회를 놓치지 않으려고 도덕을 배반하고 규율을 몰래 어겼다가 패가망신하는 일이 날로 늘어나고 있다. 개인의 자존이 무너지면 사회의 가치가 훼손되고 지금 우리를 포함해 우리의 미래를 더욱 암울하게 돼 버린다. 이런 상황 앞에서 진정 나를 견디게 만들고 나아가 나를 이 사회의 구성원으로서 당당하게 만드는 힘, 바로 그런 힘이 필요한 것이다.

일찍이 인간이 무엇인가, 인간은 어떻게 살아야 하는가 등의 주제를 인문(人文)이라 했고 그것을 학문으로 정리하면서 인문학이라 이름 붙였다. 이 인문의 문제를 성찰하고 다양한 방법의 언어로 표현하면서(문학), 인간은 어떻게 살았느냐(역사), 인간은 무엇을 하는 존재인가(철학) 등으로 질문하는 가운데 인간은 인간다움의 기초를 다지고 또한 인간다움을 완성해 왔다. 인간은 성인이 되기까지 '인간다운 인간'이 되기 위한 기초를 다져서 마침내 인간으로 완성돼 가는 전인교육을 받으며 성장해야 한다. 그렇게 교육받은 교양인으로서 세상을 살아 자신의 가치를 실현하고 이 사회를 바람직한 인간의 사회로 구축해야 하는 존재가 인간이다. 오늘날 인문학의 실종이라는 말이 널리 유포되고 그래서 한편으로 인문학 열풍이 몰아치게 된 것도 바로 이런 전인으로서의 인간이 줄어들어서이고, 그런 교육을 소홀히 해와서이다. 이런 점에서 우리의 얼잡이를 이들 인문학의 자리에서 찾는다.

3. 민족적 자존을 지키게 한 것

'국민소설'이라 할 만한 단편소설 〈소나기〉의 작가 황순원(1915~2000)은 처음에 시인으로 활동했다. 스물셋 되던 1937년 첫 소설을 발표하고 1940년 첫 단편집 《황순원 단편집》을 발간하면서 소설가로 이름을 내기 시작했다. 황순원은 당시의 관습대로 여러 문학인들에게 책을 증정하고 반응을 기대했다. 유명한 선배 작가 중에 한 분이 이 책을 읽은 소감을 보내왔다. "기대되는 작가의 출현을 보았네." 신인작가 황순원을 설레게 한 이 편지의 끝에는 다음과 같은 말이 보태져 있었다.

"앞으로 일본어로 소설을 쓰면 대성할 것이네."

이 편지를 보낸 사람은 근대소설의 효시로 불리는 장편소설 《무정》을 비롯해 《흙》, 《사랑》 등 그때까지 한국문학의 대명사로 군림해온 춘원 이광수(1892~1950)였다. 1937년 수양동우회(修養

同友會) 사건으로 투옥되었다가 6개월 후 병보석으로 풀려난 이광수는 이 무렵 향산광랑(香山光郞)으로 개명하고 친일단체 조선문인협회를 조직해 많은 문학인을 친일의 길로 이끌고 있었다. 1938년 조선어교육 금지 조치 이후 공식석상에서 우리 말글을 사용할 수 없게 된 상황에서 소설쓰기를 삶 자체로 여기고 살아가야 할 작가 황순원에게 당대 최고문사 이광수의 말은 커다란 유혹일 수 있었다. 그러나 황순원의 이후 행적은 알려진 바와 같다. 일본어로 글을 쓰기는커녕 발표할 수도 없는 한글소설을 써서 감추어두었고, 광복 후부터 이를 고쳐 오늘날 황순원이라는 이름을 장식하는 주옥같은 작품으로 발표하기 시작한다.

춘원 같은 이들은 조선독립이 불가능하고 우리 민족이 살길이 '황국신민화' 밖에 없다고 믿고 행동했다. 많은 문인들은 일본어로 작품을 썼고 나아가 일제의 정책에 부응하는 내용의 작품을 남겼다. 이들 중 상당수가 광복 후 오랜 세월이 지난 뒤 친일시비의 장본인이 되었다. 그러나 황순원은 그러지 않았다. 어쩌면 평생 작품활동을 못하게 될지도 모를 상황에서도 한글문학을 사수했고 이후 한국문학의 큰 별이 되었다.

우리는 여기서 몇 가지 물음을 떠올린다. 온 민족이 앞날을 알 수 없는 절망에 빠져 있을 때 어느 작가는 쉽게 위정자나 세태가 요구하는 반민족적인 글을 쓰고 어느 작가는 자신의 중요한 많은 것을 잃을 것을 각오하면서까지 민족적 자존을 지키는 글을 썼다. 이 차이는 어디에서 오는 것일까? 작가 황순원에게 끝내 민족적 자존을 지키게 한 힘은 어디에 있을까?

4. 자기를 붙들고 붓을 잡다

시인 김수영은 6·25전쟁기에 인공치하의 서울에서 월북작가 임화(1908~1953) 등이 이끄는 조선문학가동맹에 가입했다가 인민군에 편입된다. 9·28수복 후 국군과 유엔군의 북진과정에서 극적으로 탈출해 서울로 돌아왔으나 집 근처 종로경찰서에서 체포돼 포로수용소에 수감된다. 거제도 포로수용소는 전쟁터를 방불케 하는 이념대립의 현장이었다. 반공과 친공의 세력간 갈등은 폭력과 살인으로 연이어 전개되었다. 김수영은 광복 후 임화에 경도돼 있었고 좌익 문인단체인 조선문학가동맹에도 호의적인 사람이었다. 그러나 월북은 꿈꾸지 않았고 전쟁기에도 강제로 인민군에 편입되었을 뿐 스스로 탈출해 대한민국의 자기 집으로 돌아온 사람이었다.

포로수용소에서도 김수영은 좌와 우 어느 편일 수 없었다. 그러나 두 세력의 대립은 살육을 낳았고 끔찍한 공포를 불러일으켰다. 자칫 잘못했으면 김수영도 어느 편에게 뛰어들어 상대를 향해 칼부림을 펼치거나 그 희생자가 되었을지도 몰랐다. 아니면

둘 사이에서 정신을 온전히 유지하기 힘들어 미쳐버렸거나 자살을 했을 수도 있다. 그러나 김수영은 그러지 않았다. 놀랍게도 자신의 생니를 하나씩 뽑아 흔들어보이면서 자신의 자존을 지켜냈고, 끝내 살아냈다. 그러지 않았다면, 한국 현대시사에 김수영은 없었다. 무엇이, 어떤 것이 김수영을 생니를 자기 손으로 뽑아 흔들게까지 하면서 자존을 지키게 했을까?

작가 박완서(1931~2011)는 전쟁 직후인 1953년 결혼해 4녀 1남을 낳고 다복한 살림을 꾸려 가고 있었다. 원래 문학도이긴 했으나 작가가 될 꿈을 접고 살고 있던 주부 박완서에게 어느 날 낯익은 사람의 부음이 신문기사로 발견된다. 화가 박수근(1914~1965)이 가난 속에서 병을 얻어 타계했다는 소식이 그 내용이었다. 1·4후퇴에 이어 다시 서울이 수복되었을 때 박완서는 이십 대 중반 처녀로 미국 PX 초상화부에 근무했다. 미군들이 초상화를 그려달라고 주문하면 그걸 받아 화가들에게 일감으로 나누어 주는 직업이었다. 박수근이라는 화가가 근무하기 전까지 박완서는 매우 고압적으로 화가들을 대했다. 그런데 박수근이 지닌 능력과 알 수 없는 기품을 보고난 이후부터 화가들을 인격적으로 대하기 시작했다고 한다.

그런 박수근의 죽음을 알고 박완서는 붓을 잡았다. '박수근처럼 뛰어난 화가가 어째서 평생 가난하게 살다가 죽어가야 하나?' 박완서는 이 질문에 매달려 화가 박수근의 인생을 글로 써

내려갔다. 처음에는 논픽션 공모전 출품작으로 준비했다. 나중에 픽션으로 가공해 더욱 완성도 높은 작품으로 세상에 내보냈다. 1970년 여성동아 장편소설 공모 당선작 《나목(裸木)》이 바로 그 작품으로, 이때 박완서 나이 마흔이었다. 박완서는 박수근의 죽음 앞에서 '삶이 왜 이럴 수밖에 없는가?'라는 질문을 떠올리며 늦깎이로 위대한 작가의 서막을 올리게 된 것이다. 박완서에게 그런 질문을 떠올리게 하고 결국 글을 쓰게 한 힘은 무엇일까?

5. 자존을 건 결단에 순간에

황순원에게 절망적인 환경에서도 작품을 쓰게 만든 힘은 무엇일까. 김수영에게 유혹과 협박을 견디며 자기 스스로를 지키게 만든 힘은 무엇일까. 평범하게 살던 박완서에게 '그 사람은 왜 이렇게 살았지?'라고 성찰하게 만든 힘은 무엇일까. 이 물음에 대한 답은 물론 간단할 수 없다. 중요한 것은 이들은 적어도 자신이 처한 환경에서 진지하게 자신을 성찰함으로써 자신의 자존을 지키고 뛰어난 작가로 남았다는 점이다. 그러지 않았다면 이들은 눈앞의 편리나 이익을 좇아 당장 얻는 게 많았을지는 모르겠지만, 결국 시간이 흐른 뒤에 그 때문에 훨씬 많은 것을 사장시키는 결과와 맞부딪치게 되었을 것이다. 이런 결과는 한 개인의 손실에 그칠 수도 있지만 크게 보면 나아가 사회와 국가의 결핍과 직결된다. 황순원이 일본어로 작품을 발표했다면, 김수영이 포로수용소에서 폭도로 돌변해 버렸다면, 박완서가 박수근의 부음을 접하고도 그냥 혼자 애도만 하고 말았더라면 지금 우리 문학은 어떤 모습을 하고 있을까.

우리가 지금 국가와 사회의 근간이 무너진 어지러운 시대를 살면서도 자신의 자존을 지킴으로써 사회와 나라의 자긍심을 일궈낸 사람을 주목하고 있는 이유도 이처럼 명백한 것이다. 특히 세속의 가치보다 정신의 가치를 지향해 이땅의 후손들에게 가르침을 준 '인문의 빛'들이야말로 이 시기 젊은이들에게 바람직한 길잡이가 될 것이다. 일제 강점기에 창씨개명의 굴욕까지 견디며 내면의 성찰을 인간다움의 완성으로 키워나간 윤동주, 성인이 된 이후 독립운동에 삶을 바치고도 역작의 시편으로 자신을 확인한 이육사, 식민지 백성이자 여성이라는 굴레를 과감히 떨치고 자긍의 문학을 일군 백신애 등은 시대와 개인의 불운과 고통을 뚫고 스스로 남긴 역작으로 후손들의 갈 길을 밝힌 문학인들이다. 이들 문학인 외에도 국어학자 이희승, 나비박사 석주명, 한반도의 슈바이처 셔우드 홀 등의 업적과 생애 역시 오늘날 젊은이들의 얼잡이가 되기에 충분하다.

이제 이들을 만나러 가는 거다. 미래에 대한 불안감에 힘든 나날을 보내고 있는 우리네 열일곱 살 젊은이들이 이들 얼잡이에게 길을 물으러 가는 거다. 당장 답을 알려주실 리 만무할 것이다.
그러나 이들 얼잡이의 삶에 귀기울이다 보면 스스로 그 길을 찾
는 법을 깨우칠 수 있을 것이다.

백마를 타고 오는
초인의 시대를 위해

시인
이육사

1. 운명의 시 〈광야〉

1933년에 태어나 서당에서 한글은 익혔으나 대개는 일본어 교육을 받으며 유년시절을 보낸 시인 고은은 광복 후 중학교에 들어가 국어교과서에서 처음으로 우리글로 창작된 근대시를 접한다. 그 한 편의 시가 바로 이육사(李陸史, 1904~1944)의 〈광야〉다. 그때 받은 충격을 고은은 이렇게 적고 있다.

얼마나 내 가슴이 쿵쾅거렸는지 모른다. 얼마나 나의 마음이 갑

작스러운 바람에 일어난 숯불의 크기로 확장되어 걷잡을 수 없었는지 모른다. 시 〈광야〉는 한 시골 두메마을의 소년에게 일약 세계를 안겨주었다. 거기에는 '까마득한 날'과 '천고(千古)'라는 커다란 시간이 들어 있다. 오늘이나 내일 따위, 한 시나 한 시 반 따위의 그런 시간이 아니다. 또한 시 제목 그대로인 '광야'라는 커다란 공간이 있다. 어디 이뿐이겠는가. '초인'이라는 커다란 인간까지 있었다. 그것도 그냥 초인이 아니라 백마를 타고 달려오는 초인이 아닌가. 말하자면 한 어린이의 아주 작은 향토 환경으로는 감당하기 어려운 벅찬 세계를 아무런 준비 없이 만나게 한 것이 시 〈광야〉였다.

20세기 후반에서 21세기로 이어진 지금까지 '역사와 민족'이라는 이름과 함께 시를 써온 시인으로 고은 이상 가는 이는 없을 것이다. 이러한 고은이 처음 받아들인 한국 근대시의 영역에 독립투사 이육사와 그의 시 〈광야〉의 '커다란 시간'과 '백마를 타고 달려오는 초인'이 우뚝 섰다는 게 어쩌면 한국시사의 하나의 운명처럼 느껴진다. 일제 강점기를 짓눌려 살고 참혹한 전쟁에 이은 가난과 분단의 아픈 세월을 견뎌낸 우리는 지금 이육사가 꿈꾼 거대한 시간의 어디쯤 달려가고 있는 것일까.

운명의 시 〈광야〉는 소리내어 읽을수록 절절한 울림으로 우리의 가슴에 와 닿는다.

까마득한 날에
하늘이 처음 열리고
어디 닭 우는 소리 들렸으랴.

모든 산맥들이
바다를 연모해 휘달릴 때도
차마 이곳을 범하진 못하였으리라.

끊임없는 광음을
부지런한 계절이 피어선지고
큰 강물이 비로소 길을 열었다.

지금 눈 나리고
매화향기 홀로 아득하니
내 여기 가난한 노래의 씨를 뿌려라.

다시 천고의 뒤에
백마 타고 오는 초인이 있어
이 광야에서 목놓아 부르게 하리라.

이 가슴 벅찬 시는 오늘날 이육사의 대표작으로 남아 전하고 있지만 이육사 자신은 그런 결과를 전혀 예측하지 못했다. 살아 생전에 발표조차 하지 못한 시였던 것이다. 처음 공개는 1945년 12월 17일, 다른 미발표작 〈꽃〉과 함께 《자유신문》의 지면을 얻어 이루어졌다. 이육사는 죽고 없고 바라던 광복이 찾아온 지 사 개월 뒤다.

이때 이 시를 처음 세상에 내놓은 사람은 1930년대부터 당시까지 문학평론가로 맹위를 떨치던 동생 이원조(李源朝)다. 이원조는 이듬해(1946) 이 시들을 비롯해 육사가 남긴 모든 시를 모아 《육사시집》을 펴낸다. 여기에 이육사와 절친했던 신석초를 비롯한 김광균, 오장환, 이용악 등 후배 4인이 공동으로 "공중에 그린 무형한 꿈이 형태와 의상(衣裳)을 갖추기엔 고인의 목숨이 너무 짧았다"라는 서문을 실었다. 이원조도 '과연 천년 뒤 백마 탄 초인이 있어, 그의 노래를 목놓아 부를 때가 있을는지 없을는지는 모르겠으나 흩어져 있던 작품을 모아 엮었다'고 발문으로 적었다. 이후 1947년 월북한 뒤 북한 정권의 남로당 숙청 때 함께 재판정에 선 이원조는 1955년 사망한 것으로 알려져 있다. 광복으로 얻은 땅을 분단으로 나눠 지니며 다시 70년을 살아온 우리는 이육사가 그린, 초인이 백마 타고 오는 그날까지 부지런히 씨를 뿌리며 광음을 달려가야 하는지도 모른다.

2. 삶을 닮은 시

《육사시집》에 게재된 시는 20편이다. 이후 찾아낸 미확인 유고에다 한시 여러 편까지 모두 합해도 육사가 이땅에 남긴 시는 30여 편에 불과하다. 40년 생애에, 〈광야〉를 비롯 〈청포도〉 〈절정〉 등의 명시를 낳은 시인으로 30여 편은 심한 과작이 아닐 수 없다. 하지만 그럴 수밖에 없다. 그의 시력이 생애 후반부 10년에 몰려 있는 데다 또한 그 기간을 포함해 어른이 돼 산 20년 동안을 대구, 서울, 중국을 오가며 활동하면서 여러 차례 감옥을 드나든 '유고 기간'이 적잖게 채우고 있는 것이다.

이육사는 퇴계 이황의 14대손으로 안동에서 태어났다. 여섯 형제 중 둘째였다. 육사를 포함해 형제 모두가 엄격한 유교 집안에서 자라면서 재주나 기품에서 남달랐다고 한다. 어릴 때는 집에서 할아버지 밑에서 주로 공부했다. 자라면서 향리에서 가까운 보문의숙을 일시 거치기도 했지만 가풍에서 빚어진 면학 분위기의 영향을 더 크게 받았다. 열여덟 살 때 결혼해서는 수개월 처가가 있는 영천의 백학학교를 다니기도 했다. 스무 살 무렵에 일본으로 건너가 잠시 유학생활을 했고, 1925년 이후 수년간 중국으로 건너가 북경을 거쳐 광주에서 중산대학을 다니기도 했다.

이육사의 독립운동 관련 기록은 1927년 조선은행 대구지점 폭

탄사건에 연루되면서 나타난다. 이때 용의선상에 오른 많은 사람 중에 이육사 형제가 넷이었다. 이중 이원조만 먼저 혐의를 풀어나가고 삼형제가 재구속되어 의거의 실제 주인공 장진홍(張鎭弘) 의사가 검거될 때까지 사건의 주모자로 몰려 갖은 고문을 당한다. 이들은 1년 7개월 동안 옥살이를 하고 나서야 무혐의로 풀려난다. 그 옥살이 때 불리던 수인번호 264번을 이름으로 옮겨 지은 이름이 바로 땅 육(陸. 이 이전에 죽일 戮 자를 쓰기도 했다)에 역사 사(史) 자를 쓴 '육사'다. 이육사는 그 이름만으로도 "강력한 항일혁명의지로 뭉쳐진 결정체"(김희곤)였다.

이후 이육사는 1929년 광주학생운동 때 조선일보 지사 기자로 있다가 예비검속을 당했고, 그 이듬해에는 배일(排日) 휴교운동을 벌이는 청년들의 격문사건과 연계돼 체포되어 6개월간 옥고를 치렀다. 중국 남경에 세워진 조선혁명군사간부학교의 제1기생으로 졸업을 한 일로 1932년 다시 검거되어 몇 달 옥살이를 했다. 이런 정도로 곤욕이 이어지면 대개 몸보다 먼저 마음을 다쳐 의지가 꺾이고 그 몸을 안전한 곳으로 옮겨가려 하는 게 사람이다. 그러나 이육사는 정신과 행동이 하나됨을 교육받고 그걸 현실에서 실현하려 한 사람이었다. 닥쳐오는 운명을 피하지 않았고 한층 심화된 의지로 저항했다.

1943년에 북경으로 간 이육사는 중경, 연안, 서울 등 여러 곳으로 무기를 실어나를 모의를 했다. 그러다 7월에 어머니와 형의 소상에 참여하기 위해 일시 귀국했다가 이를 놓치지 않은 일경의 정보망에 걸리고 만다. 서울에서 체포된 이육사는 다시 북경 감옥으로 이송돼 갔다. 잦은 옥살이로 이미 폐 질환 등 여러 병에 시달리던 그 몸은 1944년 1월 16일 이승에 마지막 숨을 내쉬게 된다.

부음을 듣고 북경까지 간 사람은 막내동생 이원창이었다. 왜 체포되고 왜 북경으로 이감되어야 했는지, 그리고 왜 그렇게 죽어가야 했는지 이원창으로서는 알 길이 없었다. 일경은 유족이 오기도 전에 시신을 화장해 한줌 재로 남겼다. 이원창은 형 이육사의 유해를 미아리 공동묘지에 안장했다. 이 유해는 1960년 고향인 안동의 원천에 이장돼 이즈음도 〈광야〉를 기억하는 후예들의 끊임없는 참배에 응하고 있다.

그 삶이 이러했으니 그 시가 삶을 닮을 수밖에 없을 것이다. 〈광야〉〈절정〉 등으로 대표되는 이육사의 시는 주정적(主情的)인 분위기와 섬세한 언어 표현이 주도하던 우리 시에 감정의 절제, 엄격한 형식 등으로 강한 이지적 울림을 남기며 그 자장을 넓혀 주었다.

3. 행동하는 이성과 미적인 감성

이육사의 시가 이름까지 항일의 결정체인 삶을 닮았다 해도 시란 것이 그런 삶만으로 결정되는 것은 아닐 것이다. 시인으로서 이육사는 어릴 때부터 배운 한시 영향을 많이 받았다. 기승전결 양식이나 '선경후정(先景後情)'의 작법, 그리고 같은 형태의 행과 연이 연이어지는 반복법 등이 대개 그런 점이라 할 수 있다. 또한 그런 형식미가 시인의 생래적인 유교적 엄숙성에 어우러지면서 전체적으로 안정과 무게에 중점이 두어진 시가 창작된 것으로 이해된다. 당연히 직설적이거나 주정적인 토로는 멀어질 수밖에 없다.

그렇다고 이육사의 시를 한학이나 유학의 영향권에서만 이해해서는 매우 곤란하다.

내가 바라는 손님은 고달픈 몸으로
靑袍를 입고 찾아온다고 했으니

내 그를 맞아 이 포도를 따먹으면
두 손은 함뿍 적셔도 좋으련

아이야 우리 식탁엔 은쟁반에
하이얀 모시 수건을 마련해두렴.
— 〈청포도〉에서

　연속되는 2행연 형태로 다소 둔탁한 형식을 유지하면서도 '좋
으렴' '마련해두렴' 하는 대화체로 심리적 안정감을 마련한 이
시는 그 외형 이상의 질감을 제공한다. '청포를 입고 찾아오는
손님'이나 '하이얀 모시 수건' 등이 환유하는 '민족적' 이미지도
실은 마냥 엄숙한 것만도 아니다. '청포도/푸른 바다/청포 입은
손님'이나 '푸른 바다/흰 돛단배' 또는 '은쟁반/하이얀 모시 수
건' 등으로 연이어지는 색채의 대비는 '주제의 시각화'라는 의미
에서는 상당한 시적 성취가 아닐 수 없다.
　이육사의 또 한 편의 명편은 외로운 독립투사의 스토리를 극화
한 듯한 다음 시다.

매운 계절의 채찍에 갈겨
마침내 북방으로 휩쓸려오다.

하늘도 그만 지쳐 끝난 고원
서릿발 칼날 진 그 우에 서다.

어데다 무릎을 꿇어야 하나
한발 재겨 디딜 곳조차 없다.

이러매 눈감아 생각해 볼밖에
겨울은 강철로 된 무지갠가 보다.
— 〈絶頂〉 전문

　겨울이 밀려오는 추운 계절에 어느 고원의 벼랑으로 쫓겨가 더 발 디딜 곳도 없는 상태로 고립된 한 사내…… 이 시를 우선, 체험적 스토리가 극적 형식으로 빛난 예로 읽는다 해서 모자랄 게 없다. 또한 이 시가 네 개의 2행연, 그 중 셋째 연이 뚜렷이 전구(轉句)를 이루어 "마치 한시 절구(絶句)에서와 같은 또렷한 기승전결의 구조"(김종길)를 나타내고 있다는 점을 확인할 수도 있다. 더 중요한 것은, 그렇듯 피할 길 없이 몰려 버린 극한 상황에서 마지막으로 불태우는 초월적인 의지다. 그것은 "겨울은 강철로 된 무지개"라는 돌올한 이미지로 표상된다. 이육사는 이런 역동적인 심상을 보듬는 시인이었던 것이다.

　이육사는 이처럼 행동하는 이성과 미적인 감성을 아울러 다져 간 사람이었다. 이쯤이면 그가 부른 백마 타고 오는 초인의 시대가 어떤 것인지 알 것 같다.

이육사 연보

1904년(1세) 5월 18일, 경북 안동군 도산면 원천동 881번지에서 아버지 이가호(李家鎬)와 어머니 허길(許佶) 사이에 차남으로 출생. 진성 이씨 퇴계 이황 14대 손으로 본명은 원록(源祿). 외가와 친가 모두 강렬한 항일 투쟁을 했던 집안으로 이런 분위기가 육사와 그의 형제들이 항일 운동가로 성장하는 데 영향을 줌.

1909년(6세) 조부에게 소학을 배우기 시작.

1916년(13세) 한문학을 수학했으나 조부 별세 후 가세가 기울어지기 시작. 보문의숙에서 수학. 이후 보문의숙이 공립학교 설립인가를 받아 도산공립학교로 개편되자 이육사 또한 그곳으로 편입.

1919년(16세) 도산 공립보통학교 졸업.

1920년(17세) 대구로 이사. 서병오(徐丙五)에게서 그림을 배우기 시작.

1921년(18세) 안용락(安庸洛)의 딸 일양(一陽)과 결혼 후 처가 근처에 있는 백학학원에서 수학. 불만족스러운 결혼 생활 영위. 신학문과 근대사회에 대해 배우고자 하던 그가 전통적 가치관 속에서 자란 처녀를 아내로 받아들이기가 힘들었기 때문.

1923년(20세) 백학학원에서 교사 생활을 함.

1924년(21세) 일본 유학.

1925년(22세) 1월 귀국 후 대구지역에서 뜻을 가진 청년들과 조양회관에 모여 문화 활동을 펼침.

1926년(23세) 적극적인 민족운동을 펼치기 위해 중국으로 건너감. 중국 북경 거쳐 광주 중산대학 수학.

1927년(24세) 귀국 후 장진홍 의거에 연루, 이육사를 포함한 그의 형제들 투옥돼 2년간 고생함.

1929년(25세) 5월 석방.

1930년(26세) 첫 시 〈말〉을 조선일보에 발표. 감옥 생활할 때 수인번호 264로 이름을 '이육사'라 해서 글을 발표하기 시작. 석방 후 몸이 약해져 요양하는 동안 역사를 죽인다는 뜻의 '육사(戮史)'로 이름을 바꿈. 나중에 '肉瀉' '戮史' 등으로 쓰다가 '陸史'로 통일함

1931년(28세) 대구격문사건 연루.

1932년(29세) 중국 남경의 조선혁명군사간부학교에 들어가 군사 교육을 받음. 고기를 먹고 설사하다'라는 뜻의 '육사(肉瀉)'로 이름 바꾸었으나 서병오가 온건한 표현이 되는 '육사(陸史)'로 바꿀 것을 권함.

1933년(30세) 조선혁명군사간부학교 졸업. 사회주의에 매료됨.

1934년(31세) 일제가 한글을 사용하지 못하게 하는 것에 대한 반발로 한시(漢詩)를 발표. 처남 안병철의 자수로 조선혁명군사간부학교 출신임이 발각되어 경기도 경찰부에 구속, 이후 기소유예 의견으로 석방.

1935년(32세) 시, 수필 등 문학 작품 활동을 펼침.

1936년(33세) 서대문 형무소에 수감.

1939년(36세) 〈청포도〉 발표.

1940년(37세) 가장 활발하게 문학활동을 펼침. 〈절정〉, 〈광인의 태양〉 발표.

1943년(40세) 북경에서 국내로 무기 반입 도모. 일시 귀국했다 체포당하여 북경으로 압송. 한글 사용 제재를 받자 한시(漢詩)만 발표.

1944년(41세) 1월 16일 북경 감옥에서 순국.

1946년 동생 이원조의 주선으로 유고시집 《육사시집》 발간.

1968년 건국훈장 애국장에 추서.

2004년 탄생100주년과 순국 60주기에 맞추어 이육사문학관 개관. 이육사 생가 복원.

2016년 대구의 구도심에 264작은문학관 개관.

울어라 역사여
뚫어라 시대여

시인
윤동주

1. 참회하는 세월 속에 탄생한 명시들

1941년 12월 윤동주(尹東柱, 1917~1945)는 대학(연희전문) 졸업을 앞두고 있었다. 고향을 떠나 서울에 와 대학생활을 한 지 4년. 세상은 갈수록 암울했지만, 윤동주는 그 암울한 세상에 맞서는 데 턱없이 부족한 자신을 반성했고, 그 반성을 시로 옮김으로써 얼마만큼이나마 속죄를 대신하고자 했다. 이때, 시집을 내기 위해 원고를 준비하면서 첫 면에 놓으려고 쓴 글이 바로 "죽는 날까지 하늘을 우러러 / 한점 부끄럼이 없기를 / 잎새에 이는 바람에도 / 나는 괴로워했다."로 시작되는 저 유명한 〈서시〉다.

　윤동주가 모은 시는 이 〈서시〉를 포함해 모두 17편. 시집 제목으로는 '병원처럼 아픈 시대'를 반영한다는 뜻에서 '병원'이라 했다. 고향에 편지를 보내 발간비 지원을 부탁했고, 한편으로는 영시를 가르치던 스승 이양하 교수에게 원고를 보여 기성 문단으로의 순조로운 진출도 기대해 보았다. 하숙집에서 함께 기거하던 후배 정병욱과도 많은 대화를 나누며 시집 출간의 부푼 꿈을 늦추지 않았다. 그 과정에서 '병원'이라는 제목은 자신의 시에 자주 등장하는 시어를 모은 '하늘과 바람과 별과 시'로 바뀌었다.

　그러나 현실은 점점 더 무서워졌다. 시집은 강화된 일제의 검열에 단속될 가능성이 높았다. 자금 지원도 여의치 않았다. 윤동주는 묵묵히 자신의 원고를 베껴 써서 모두 3권을 만들어 스스로를 위안했다. 그 중 한 권은 이양하 교수에게 드리고, 한 권은 정병욱에게 주며 뒷날을 기약했다. 시인에게 첫 시집이란 평생을 안고 함께 가는 또 다른 생명과 같은 것이다. 그 탄생의 시간을 윤동주는 가슴 깊이 묻어두고 있어야 했다.

　윤동주가 남긴 또 한 편의 명시 〈참회록(懺悔錄)〉은 그로부터 오래지 않은 1942년 1월 24일 탄생했다.

　　　파란 녹이 낀 구리거울 속에
　　　내 얼굴이 남아 있는 것은

어느 왕조의 유물이기에

이다지도 욕될까

　이 시에는 잘못된 역사 앞에 무능한 개인으로서 참회를 통해 새로운 시간의 도래를 염원하는 내면이 절절하게 드러나 있다. 나아가, 누구보다 내성적인 윤동주의 시에서 개인과 역사가 하나의 접점을 이룬 이 보기드문 국면이 목도된다.

　닷새 전인 1월 19일, 윤동주는 태어나 단 한번도 생각해 본 적 없는 이름을 자신의 또 다른 이름으로 가져야 했다. '내선일체'를 노리는 일제의 '조선민사령(朝鮮民事令)'(1939년 11월 10일)은 이름을 일본 성으로 바꾸어 새로 지어야 하고(창씨개명 : 創氏改名) 사위를 아들로 들이는 일본식 양자제도인 서양자제(壻養子制)에 호응해야 한다는 명령을 골자로 하고 있었다. 일본으로 건너가 학업을 계속하려던 윤동주에게 이 법은 피할 길 없는 족쇄였다. 이 시기 일제의 갖은 협박과 유인으로 우리 국민 80%가 일본 이름을 가졌다고 한다. 윤동주도 결국 '평소동주(平沼東柱)'라는 일본 명을 등록했고, 마침내 일본으로 가는 도항증을 얻어낸다. 윤동주가 동경의 릿교(立敎)대학에 입학한 것은 그해 4월 2일이었다.

　주지하다시피 윤동주는 그렇게 도일한 뒤 릿교대학을 거쳐 교토의 도시샤(同志社)대학을 다니던 중 평생의 동지이자 고종사촌인 송몽규와 함께 독립운동을 모의한 혐의로 검거돼(1943년 7월)

교토〔京都〕지방법원에서 징역 2년을 언도받고(1944년 4월) 규슈〔九州〕의 후쿠오카〔福岡〕 형무소에 수감되었고(1944년 4월), 정체 모를 주사를 맞고 옥사한다(1945년 2월).

2. 죽은 역사 속에 살아난 문학

윤동주는 일제의 폭력에 희생당하고도 아무것도 보상받지 못한 식민지 청년이다. 시인으로는 인정할 만한 지면에 시를 실어본 적이 없이 사라진 불운한 문학도이기도 하다. 스스로 애쓴 준비한 시집 출간도 좌절되었으며, 일경에 검거되면서 시 작품을 비롯해 많은 양의 원고가 유실되었다. 어쩌면 그의 삶은 '조국의 독립을 꿈꾸며 유학을 가서 공부하던 한 시인 지망생의 뼈아픈 희생'으로 정리되는 정도에 머무를 수도 있었다. 그러나 그게 아니었다. 그는 역사 속에 희생되었고 그 역사마저도 죽은 역사였지만, 그 속에서 꿋꿋이 살아났다.

광복 후, 윤동주가 시집을 내려고 준비하다 만 3권의 필사본 《하늘과 바람과 별과 시》 중 한 권을 가진 사람이 나타났다. 바로 후배 정병욱이었다. 그는 일제 말 강제 징집에 끌려 나가면서 그 시집을 어머니에게 맡겨 보관하게 했다. 그러고는 스스로도 살아 돌아왔고 또한 그 사이 기적처럼 생생히 보존된 그 원고를 품에 안았다. 윤동주가 이 시집 이후에 쓴 시를 가지고 있던 사람도 있었다. 윤동주는 일본에서도 적지 않은 시를 썼다. 그 중에 남은 것은 5편. 연희전문의 친구 강처중이 윤동주가 일본에서 창작해 보낸 그 5편을 간직하고 있던 사람이었다.

여기에 운명처럼 또 한 사람의 생애가 얹어진다. 경향신문 조사부 기자인 강처중은 정병욱이 가져온《하늘과 바람과 별과 시》 1부와 그 이후의 윤동주 시편을 같은 신문사 주필에게 내밀었다. 그 주필이 바로 윤동주가 살아생전 존경해 마지않던 선배시인 정지용이었다. 정지용은 1947년 2월 13일, 그 중 윤동주가 쓴 시로는 마지막 날짜가 기재된 〈쉽게 씌어진 시〉 전문을 싣고 자신의 소개 글을 보냈다. "창밖에 밤비가 속살거려 / 육첩방은 남의 나라"로 시작되는 〈쉽게 씌어진 시〉는 자기 나라를 빼앗은 침략국에 유학 가 있으면서도 참다운 삶의 길을 찾으려는 자의 몸부림이 잘 묻어나는 시다.

등불을 밝혀 어둠을 조금 내몰고,
시대처럼 올 아침을 기다리는 최후의 나.

나는 나에게 작은 손을 내밀어
눈물과 위안으로 잡는 최초의 악수.

특히 위 마지막 부분에는 어두운 시대를 욕되게 살아가는 자신에 대한 부끄러움을 딛고, 이제 새로 태어날 자신과 만나고 있는 역동적인 전환이 일어나 있다. 정지용이 이 점을 놓쳤을 리 없다. 소개 글을 보면 당시 정지용이 받았을 충격은 미루어 짐작할 수 있다.

> 간도 명동촌 출생. (……) 복강형무소에서 복역중 음학한 주사 한 대를 맞고 원통하고 아까운 나이 29세로 갔다. 일황 항복하던 해 2월 16일에 일제 최후 발악기에 '불령선인'이라는 명목으로 꽃과 같은 시인을 암살하고 저이도 망했다. 시인 윤동주의 유골은 용정 묘지에 묻히고 그의 비통한 시 10여 편은 내게 있다. 지면이 있는 대로 연달아 발표하기에 윤군보다도 내가 자랑스럽다. ─ 지용

정지용은 1930년대 《문장》의 추천위원으로 '청록파'를 비롯해 여러 신예를 발굴한 문단의 자타공인 후견인이기도 했다. 그는 이후 같은 신문 3월 13일자에 〈또다른 고향〉, 7월 27일자에 〈소년〉을 게재해 윤동주를 더욱 공인된 시인의 자리에 올려놓는다. 그리고 1년 뒤, 1948년 1월 마침내 윤동주가 쓴 총 31편을 실은 유고시집 《하늘과 바람과 별과 詩》(정음사)가 발간된다. 한국문학사에 윤동주라는 뚜렷한 '별' 하나 탄생하는 순간이 아닐 수 없다.

3. 새로운 시대를 밝히는 생생한 '얼'

　윤동주의 부음을 듣고 아버지와 당숙이 감옥을 찾았을 때 그때까지 살아남아 있던 송몽규가 '이상한 주사를 맞고 죽었다'고 증언한다. 송몽규 역시 그 뒤 일주일 지나 생을 마감한다. 윤동주와 송몽규가 감옥에서 맞았다는 주사에 대한 의문을 풀어가는 과정에서 윤동주와 유고시집에 대한 관심이 증폭되어 갔다.

　당숙 윤영춘(가수 윤형주의 부친)은 윤동주가 감옥에서 주사를 맞고 있었다는 증언을 송몽규에게 들었다고 밝힌 데 이어, 고노 에이치[鴻農映二]가 당시 후쿠오카 형무소 수인들이 규슈 제대 의학부의 생체 실험 대상이었다고 주장했다. 그 주사의 실체는 혈장 대용 생리 식염수, 즉 피 대신에 바닷물을 넣어 견디는 정도를 실험한 주사라는 얘기였다. 또한 이부키 고[伊吹鄕]는 당시 후쿠오카 형무소 재소자의 사망자 수와 사망률의 수치가 매우 높았다는 기록을 공개하기도 했다. 이런 증언 자료를 모두 추적, 정리한 송우혜의《윤동주 평전》은 쇄와 판을 더해 가며 독자 대중들의 이지적 감수성을 파고들어 왔다.

　1948년 3주기에 맞춰 처음 발간된 유고시집《하늘과 바람과 별과 시》또한 운명이라고만 볼 수 없는 신비로운 힘이 보태져 더욱 널리 세상에 알려진다. 당시, 첫 시집에 서문을 쓴 정지용은

6·25전쟁 이후 '월북작가'로 분류돼 있었다. 발문을 쓴 친구 강처중은 실제 좌익기자로 사형언도를 받고 복역중 6·25 때 감옥에서 나와 행방이 묘연해졌다. 바로 이 점 때문에 1955년 10주기에 맞춰 증보판을 낼 때 이 둘의 글이 삭제돼 버린다. 그 대신 그 뒤에 발굴된 윤동주의 여러 시편들이 더 얹어진다.

역시 그러는 사이, 〈서시〉와 〈별 헤는 밤〉을 외우며 순결한 내면을 보듬던 독자들이 〈참회록〉과 〈쉽게 씌어진 시〉를 읽으며 역사와 함께 하는 삶의 아픔에 대해 각성해 갔다. 일본에 윤동주 시를 사랑하는 모임이 생겨나고, 간도에 윤동주 문학의 후예들이 당당히 한국문학의 또 다른 산맥을 형성해 갔다. 도시샤 대학 캠퍼스에 나란히 선 윤동주 시비와 그의 스승 정지용 시비를 찾는 발길은 하루도 끊일 날이 없다. 윤동주의 하숙집이 있던 종로구 창의동에는 '윤동주 시인의 언덕길'과 윤동주시문학관이 조성돼 있다.

윤동주의 시는 지옥 같은 캄캄한 현실에서 끊임없이 내면을 성찰하면서 자신의 언어를 갈고 닦아온 순결한 얼을 대신한다. 그 삶은 육신으로는 썩었으되 그 얼로는 죽은 역사를 뚫고나와 오늘을 비추고 미래를 살게 하는 힘으로 생생하다.

윤동주 연보

1917년(1세) 12월 30일, 명동촌(明東村)에서 명동학교 교사로 지낸 아버지 윤영석(尹永錫)과 어머니 김용(金龍) 사이에 4남매 중 장남으로 출생. 아명은 '해처럼 빛나라'는 뜻의 해환(海煥).

1925년(9세) 명동소학교에 입학.

1928년(12세) 5학년이 된 윤동주와 송몽규가 《새 명동》이라는 이름의 월간잡지를 직접 발간.

1929년(13세) 명동소학교가 교회학교에서 공립으로 개편.

1931년(15세) 윤동주 명동소학교를 졸업. 용정으로 이사. 초가집에서 송몽규를 포함한 윤동주의 여덟 식구가 함께 생활.

1932년(16세) 은진중학교 입학. 교내 문예지를 발간하여 작품 발표. 교내 웅변대회에서 〈땀 한 방울〉로 1등. 윤석중 등의 동요와 동시에 매료.

1935년(19세) 시 〈거리에서〉, 〈창공〉, 최초의 동시 〈조개껍질〉 창작. 숭실중 학생청년회에서 발행하던 《숭실활천(崇實活泉)》에 〈공상(空想)〉 게재. 은진중학교 4학년 진급 후, 평양숭실중학교 3학년으로 편입. 정지용 시에 매료, 〈조개껍질〉 창작에 영향을 받음.

1936년(20세) 숭실학교에 일제의 신사참배 강요가 이루어지자 항의 표시로 자퇴. 용정으로 돌아와 광명학원 중학부 4학년에 편입.《가톨릭소년》에 동시 〈병아리〉, 〈빗자루〉 발표.

1937년(21세) 《가톨릭소년》에 동시 〈오줌싸개 지도〉, 〈무얼 먹고 사나〉에 〈거짓부리〉 발표. 백석 시집 등 필사.

1938년(22세) 동시 〈햇빛 · 바람〉, 〈해바라기 얼굴〉, 〈애기의 새벽〉, 시 〈산울림〉, 〈새로운 길〉, 〈사랑의 전당(殿堂)〉, 〈아우의 인상화(印象畵)〉 창작. 광명학원 5개년 졸업. 의과 진학을 희망하는 아버지의 의견을 뒤로하고 서울 연희전문 문과에 입학.

1940년(24세) 12월까지 1년 간 절필. 시 〈팔복(八福)〉, 〈병원(病院)〉, 〈위로(慰勞)〉 창작. 후배 정병욱과 가가워짐.

1941년(25세) 시 〈간(肝)〉, 〈길〉, 〈별 헤는 밤〉, 〈서시(序詩)〉 등 창작. 태평양 전쟁 발발로 학사 일정이 3개월 앞당겨지게 되면서 연희전문 졸업. 시를 묶어 시집 《하늘과 바람과 별과 詩》를 내려고 했으나 무산. 이를 손으로 베껴 3부를 만들어 1부는 자신이 갖고 1부는 스승 이양하 교수에게, 1부는 후배 정병욱에게 줌.

1942년(26세) 시 〈참회록〉, 〈봄〉, 〈쉽게 씌어진 시〉 등 창작. 히라누마 도주(平沼東柱)로 창씨. 동경의 입교대학 문학부 영문과 선과에 입학. 송몽주를 따라 교토의 도지샤대학 영어영문학으로 전입학. 일본에서 쓴 시를 친구 강처중에게 보낸 것이 5편 남아 있음.

1943년(27세) 여름방학을 맞아 용정으로 돌아가기 위해 준비 중, 군관학교 입교 전력 때문에 일본 특고경찰에 체포. 검사국 송국.

1944년(28세) 재판에서 징역 2년 선고 받음.

1945년(29세) 2월 16일 오전 3시 36분 옥중에서 이상한 주사를 맞은 것이 원인이 되어 병사. 용정에 있는 동산의 중앙장로교회 묘지에 안장. '시인윤동주지묘' 라고 새긴 비석을 무덤에 세움.

1946년 윤동주 1주기에 추모식을 가짐.

1947년 경향신문에 근무하던 친구 기자 강처중의 추천과 주필이던 시인 정지용의 주선으로 시 〈쉽게 씌어진 시〉가 게재됨. 이후 같은 지면에 두 차례 더 시가 소개됨.

1948년 친구들의 도움으로 시집 《하늘과 바람과 별과 시》(정음사) 발간. 시집의 서문은 정지용이, 발문은 강처중, 유정 등이 씀

1955년 유고시집 개정판 발간.

1970년 국립중앙도서관에서 '윤동주 친필 유고와 유품전' 개최.

2012년 서울 종로구 창의문로에 윤동주문학관 개관. 중국 명동촌 윤동주 생가 주변에 윤동주 문학공원 조성.

혼자 쓰고 혼자 싸우고
혼자 서다

소설가
백신애

1. 흙 한 자루

끌려갔습니다.

순이(順伊)들은 끌려갔습니다.

마치 병들은 거러지 떼와도 같이……

굵은 주먹만큼씩 한 돌멩이를 꼭꼭 짜박은 울퉁불퉁하고도 딱딱

한 돌길 위로……

2008년 5월 16일 오전 10시 영천 시민운동장 입구, 깊게 패

인 웅덩이에 각각 원형과 직사각형으로 짝을 이룬 두 덩어리 돌과 그것을 받치는 넓적한 받침돌로 구성된 화강암 재질의 조형물이 세워지고 있다. 우선, 웅덩이 위에 받침돌이 깔리고, 그 위에 '백신애 문학비'라고 쓴 크고 날렵한 글씨 아래 소설 〈꺼래이〉의 서두 부분이 역시 날렵한 삐침 글씨로 새겨진 원반 모양의 비석이 균형을 잡고 섰다. 이어 조형물 둘레의 빈자리에 흙이 채워지고 있다. 인부들의 익숙한 손발 놀림은 여유로운 만큼 거침이 없다.

백신애 문학비 제막식 현장이다.

흙이 웬만큼 채워졌다 싶은데, 주최 측에서 이를 멈추게 한다. 그들이 별도로 준비한 것이 있다는 뜻이었다. 주최 측이 준비한 대로 먼 데서 실어온 게 틀림없어 보이는 부대 한 자루가 조형물 가까이 부려진다. 제막식에 참가한 관련 인사들이 다가와 부대 안의 흙을 한 삽씩 퍼서 비석 둘레로 던져놓는다. 인부들이 그 흙을 차곡차곡 밟아 땅을 다진다. 그 땅에 마침내 백신애 문학비가 세워지고 있는 것이다.

백신애(白信愛, 1908~1939)는 영천 사람이다. 아버지 수원 백씨 백내유는 원래 양반 출신으로 경산에서 살았는데 영천 양반집에 장가들면서 아내 이내동의 고향에 터전을 잡았다. 이후 그는 처가의 넉넉한 배경에 뛰어난 장사 수완을 보태 돈을 많이 모았다. 그러는 동안 아들 백기호를 낳았고, 다섯 살 터울로 백신애를 낳

왔다. 백내유는 대구까지 진출해 친일 거상으로 살았다. 자신의 이름을 건 정미소도 운영하고 대구 경마구락부의 대주주가 되기도 한다.

백신애는 이런 가정환경에서 대구와 영천을 오가며 성장했고, 일본에 유학도 갈 수 있게 된다. 소설도 발표하고 사회활동도 했다. 부모가 바라는 대로 결혼을 했으나 5년 뒤 이혼했고, 시베리아와 중국을 넘나드는 등 매우 정력적으로 활동을 하다가 1939년 서른둘에 자식도 없이 병사했다. 어머니는 그를 아버지가 묻힌 칠곡의 가족묘지에 안장했다. 광복 후, 아버지의 친일 행적이 구설수에 오르고 또한 오빠와 그 일가의 좌익 활동과 월북 등이 사회 문제가 되면서 집안 전체가 피해를 입었다.

우리나라에는 집안에 좋지 않은 일이 많이 생기면 조상의 묏자리를 되짚어보는 관습이 남아 있다. 백씨 문중도 예외가 아니었다. 문중 사람들은 일가친척들에게 우환이 겹치는 것을 출가외인이 백씨 집안 가족묘지에 묻혀 있는 탓이라고 했다. 바로 여기서 백신애의 묘가 지목되고 말았다.

파묘!

백신애의 묘는 그렇게 파헤쳐졌다. 게다가 유골마저도 이리저리 흩어져 버렸다. 이때가 1960년대다.

이로부터 40여 년이 흘러, 백신애 탄생 100주년인 2008년이 되었다. 영천의 후배 문인들이 백신애 문학비를 세우면서 그 파묘된 흙을 부대에 담아 온 것이다. 지금 작가의 유골을 대신한 문학비가 작가의 고향 영천 땅에서, 지난날 죽은 작가의 몸을 오래도록 에워싸 주고 있던 흙을 덮고 서 있다.

2. 독학의 문학, 경험과 주장으로서의 문학

백신애는 나이 스물둘인 1929년 조선일보 신춘문예에 단편소설 1등으로 등단해 이후 10년 동안 소설 20여 편과 산문 30여 편을 쓴 작가다. 편수도 적은 편이고, 활동 시기도 짧은 편이다. 생전에 남긴 책도 없다. 그러나 남성 작가들이 대다수인 당시 문단에 처음 신춘문예 여성 당선자로 이름을 내밀어 항일운동까지 하면서 이 정도 작품을 남긴 것은 결코 낮추어 볼 일이 아니다. 다만, 그의 이른 죽음과 우환 겹친 가정사가 그의 이름을 쉽게 잊혀지게 했다.

우리 문학사가 백신애라는 이름을 뜻깊게 불러낸 것은 1951년 대구에서다. 6·25전쟁 중이어서 마침 소위 피난문단이 형성돼 있을 때다. 대구 중심의 문학동인인 죽순시인구락부가 주관이 되어 백신애추모제를 열었다. 시인 유치환, 구상, 백기만, 수필가 전숙희 등이 여기에 참여했다. 대구의 원화여고 학생들이 동참해 〈꺼래이〉와 〈초화〉를 낭독했다. 이때의 일로 백신애는 일제 때

강경애와 견줄 항일정신과 박화성과 견줄 문학성을 지닌 작가로 기재되기 시작했다. 그러나 그가 남긴 20편이 넘는 소설과 30편이 넘는 산문은 여러 지면에 간간이 모습을 드러낼 뿐이었다. 그의 문학이 우리 앞에 전모를 드러내게 된 것은 2008년 5월 영천에 그의 문학비가 선 이때부터라고 할 수 있다.

역사적 자긍심이 깊은 민족은 자기네 역사에서 기려야 할 인물을 찾아내는 일을 소홀히 하지 않는다. 그 점에서 뒤늦은 감이 있지만, 향토의 문학사가들이 백신애의 생애와 문학의 전모를 밝혀 낸 일은 크게 칭찬할 만하다.

백신애는 두 가지 면에서 우리의 멘토가 될 만하다. 하나는 당연히 문학가의 관점에서다. 대구 지역에서 활동하면서 백신애 연구에 관한 한 선구적인 업적을 남기고 있는 김윤식은 백신애 문학이 지닌 남다른 개성을 다음 세 가지로 설명하고 있다.

첫째, 나라 잃은 민족의 비애와 동포애(대표작 〈꺼래이〉), 한 여성운동가의 활약상과 모성애(등단작 〈나의 어머니〉), 만주로 간 동무를 생각하는 동포애(소년소설 〈멀리 간 동무〉) 등으로 확인되는 강렬한 민족의식이다.

둘째, 생에 대한 강한 집착(〈적빈〉), 어두운 현실에 굴하지 않는 천진한 사랑(〈채색교〉), 아내를 위해 자신을 희생하는 남편의 헌신적 사랑(〈악부자〉) 등으로 식민지 시대에 학대받은 농민들의 비참한 환경과 그에 맞서 나가는 농민의 의지를 드러낸 리얼리즘 정신이다.

셋째, 학대받는 여성에 대한 독특한 해석이다. 백신애는 여성 학대의 주범이 바로 여성, 그것도 지식인층이라는 인식을 드러낸다.

(김윤식, 〈백신애 연구抄〉 참조)

백신애의 작품은 위의 분류에서 대개 초기에는 첫째의 경향을 드러내다가 후기에 올수록 둘째 · 셋째 경향으로 전이되고 있다. 이중에서도 일제 강점기에 나라 잃은 민족의 현실과 나아가 빈곤에 허덕이는 농촌의 실상을 고발한 첫째 · 둘째 경향의 작품은 1930년대 문단의 큰 수확이라는 평가를 받고 있다.

백신애는 무엇보다 "1930년 식민지 치하에서 농촌의 궁핍한 삶과 여성에게 침묵과 순종을 요구하는 가부장적 가족제도를 거부하고 비판하는" 선명한 의식의 작가였다.(이중기, 〈백신애, 그 훌림 길을 따라가다〉) 그만큼 격렬했고 또한 격렬한 그만큼 거칠고 투박했다. 백신애 문학은 이처럼 격렬한 정신과 거친 형식이라는 양면성을 지니고 있었다. 바로 이 양면성이 우리 문학사에서 백신애라는 존재를 잊혀지게도 했고, 또한 되살려내게도 했다고 할 수 있다. 우리가 문학가 백신애를 특별히 기억해야 할 이유도 어쩌면 바로 이 점에 있을지도 모른다.

백신애는 "서울서 학교를 다닌 적이 없고, 특히 이전(梨專)도 다니지 못했고, 어느 잡지사의 기자도 한 적이 없을 뿐 아니라,

그 어떤 유력 문필인의 지도도 받은 적이 없다."(김윤식, 〈백신애 연구抄〉) 1920~30년대는 하층민들의 생활을 주목하고 그 가치를 옹호하는 카프 계열의 문학이 큰 반향을 일으키고 있었다. 백신애 문학은 주제와 소재면에서 이러한 계열에 맞닿아 있지만 실제 카프 작가들과 깊게 교유한 흔적은 보이지 않고 있다.

그의 문학은 당대 문사들의 현대적인 문장이나 창작법과는 거리가 있었다. 그는 그 자신이 몸담고 산 농촌의 궁핍한 실상과 하층민의 비참한 삶을 드러내는 리얼리스트의 면모를 유지하면서도 구습의 폐해나 여권의 피억압 상황을 직설적으로 토로하고 고발해 감정을 쉽게 노출했다. 그의 언어에 구식 문어체와 일상의 입말이 마구 섞여들어 있다.

백신애의 문학은 이처럼 독학으로서의 문학이고, 또한 경험과 주장으로서의 문학이다. 일제 강점기라는 암울한 시기에 여성의 몸으로 혼자 문학의 길로 들어섰고, 자신의 경험에서 얻은 정신적 실천 덕목을 작품으로 표현했다. 그의 아버지는 친일파였고, 오빠는 독립운동을 하는 사회주의자였다. 그는 친일을 거부하고 사회주의를 자기 식으로 수용했다. 아버지의 친일을 스스로 운동을 하는 여성의 행동으로 씻어내고 그 정신을 작품으로 드러냈다.

3. 굴레와 속박을 온몸으로 뚫고나가며

백신애가 친일 거상인 아버지의 뜻을 어기고 독신을 고집하다가 어쩔 수 없이 혼인을 한 것은 스물여덟 살인 1932년이었다. 이때 아버지는 신혼여행지로 일본을 추천하며 다음과 같이 말한다.

"경치 좋은 데 가만 뭐 하노? 대판(오사카)에 가서 공장이나 회사 같은 거 보고 오는 기 더 좋지. 우리 조선사람 손으로는 솥 한 개도 경편하이 못 만드는 판국에." (수필 〈슈크림〉 참조)

백신애는 실제로 일본으로 신혼여행을 떠난다. 하지만 아버지 말대로 오사카에 가기는 했지만 그곳에 머물며 선진 문명을 견학해서 배우는 일을 하지 않았다. 대신 오사카 인근의 유서 깊은 도시 교토와 나라를 둘러보고, 한편으로 내친 김에 도쿄로 가서는 닛코〔日光〕에까지 가는 모험을 한다. 이처럼 백신애는 아버지를 아버지로서는 받아들였지만 친일파로서는 아무것도 받아들이지 않았다.

백내유는 아들 백기호가 사회운동을 하는 것을 못마땅하게 여겨서 딸에게는 이를 철저하게 경계했다. 출생연도와 이름을 바꾸고 학교도 여러 곳을 다니게 하면서 빨리 교사 자격을 얻게 한 것도 이런 취지라고 할 수 있다. 백신애는 이런 아버지 덕에 1924년 열일곱 나이에 자신의 모교인 영천공립보통학교 교사로 부임하게 된다. 그런데 흥미롭게도 그는 이해부터 우리나라 사회주의 여성운동의 앞머리를 장식하는 경성여자청년동맹과 조선여성동우회에 가입해 활동한다.

백신애는 이런 단체의 회원으로 있으면서 주로 '여성의 자립'이라는 관점에서 학술강연을 했다. 여성 문제를 표면에 내세웠지만 실은 여성 문제 못지않게 사회주의 이념을 내세웠고 또 그 못지않게 나라 독립의 필요성에 대해 역설했다. 그러니 그의 행적이 일제의 표적이 될 수밖에 없었다. 그는 요주의 인물이 되었고, 학교에서도 권고사직당하는 처지가 되었다.

백신애의 특이한 행적은 두 지역에서 나타난다. 하나는 시베리아 체험이다. 그는 처녀의 몸으로 단신 블라디보스토크를 거쳐 러시아의 시베리아로 간다. 원산에서 동해를 거쳐 블라디보스토크로 가는 항해도 그렇지만 블라디보스토크에 닿자마자 검거되고 조선으로 추방되는 과정 또한 예사로운 고난의 시간이 아니었다. 그런데도 그는 다시 러시아로 간다. 그러고는 귀국하던 길에 왜경에 잡혀 고문을 당하고, 이 일로 심각한 후유증을 앓는다.

그의 특이한 행적의 하나는 일본 체험과 관련된다. 러시아에서 돌아와서도 여전히 사회주의 여성운동을 지속하던 그는 신춘문예 당선을 한 이듬해 동경으로 건너가 유학생활을 한다. 아버지가 경제적 지원을 끊자 잠시 귀국했다가 다시 일본에 가서 식모, 세탁부 등으로 전전하며 지낸다.

그는 부모의 강요로 결혼을 하지만 5년 만에 별거를 하고 홀로 중국 여행을 떠난 상태에서 이혼 수속을 밟는다. 그가 사망한 것은 이듬해인 1939년 5월, 사인은 췌장암이었다. 그에게 안주하는 삶은 없었다. 일제가 준 고통, 봉건제도의 굴레, 여성으로 당하는 억압 이 모두가 그에게는 온몸으로 부딪쳐나갈 벽이었다. 그는 혼자서 그 벽을 뚫고나갔다. 그래서 삶은 불행했지만, 그 작품과 의지가 남아 오늘에 전한다.

백신애 연보

1908년(1세) 5월 20일, 경북 영천군 영천면 창구동 68번지에서 정미소를 경영하던 아버지 백내유(白乃酉)와 어머니 이내동(李內東)의 1남 1녀 중 둘째로 태어남. 아명은 무잠(武簪), 호적 이름은 무동(戊東).

1918년(11세) 11세까지 건강이 좋지 않아 학교에 다니지 못하고 이모부에게서 한학을 배우다가 이해에 영천향교에 다님. 한문, 신학문, 일본어 등에 두각을 보임.

1919년(12세) 영천공립보통학교 2학년으로 편입학.

1920년(13세) 이름을 신애(信愛)로 바꾸고 출생연도를 1907년으로 고쳐 대구 신명여학교(현 종로초등학교)로 전학.

1921년(24세) 대구 신명여학교 중퇴.

1922년(15세) 술동(戌東)이란 이름으로 영천공립보통학교 4학년에 편입학.

1923년(16세) 영천공립보통학교 4년 과정을 졸업. 경북사범학교 강습과 입학.

1924년(17세) 경북사범을 졸업 후 영천의 모교에서 교사 생활. 사회주의자였던 오빠 백기호의 영향으로 조선여성동우회, 경성여자청년동맹, 근우회 등에 가입해 사회주의 조직에서 항일 여성운동을 시작.

1925년(18세) 경산 자인보통학교로 전임.

1926년(19세) 여성운동을 하는 것이 빌미가 되어 권고사직된 뒤 본격적인 사회운동을 전개함. 카프(KAPF, 조선프롤레타리아예술가동맹)의 일원이 되었으나 크게 활동하지는 않음. 요주의 인물로 활동이 금지되자 시베리아로 건너가 방랑생활. 귀국하다 두만강 국경에서 왜경에게 잡혀 모진 고문을 당함. 아버지의 도움으로 병원 치료를 받은 뒤 영천에 정착.

1927년(20세) 오빠 백기호에 이어 영천청년동맹 교양부 위원으로 활동.

1928년(21세) 영천에서 야학 교사를 하는 등 사회활동에 적극적으로 가담.

1929년(22세) 조선일보 신춘문예에 박계화(朴啓華)라는 이름으로 〈나의 어머니〉 단편소설 1등 당선.

1930년(23세) 경산 안심면으로 이사. 반야월의 한 과수원에서 지내며 가난한 농민들의 농촌 생활을 접함. 결혼을 강요하는 아버지를 벗어나 도일. 일본 니혼대학 예술대학에 입학해 연극 활동 시작.

1931년(24세) 경제 사정으로 귀국했다가 부모의 결혼 강요를 뿌리치고 다시 일본으로 감. 험한 육체노동을 하면서 사회운동에 가담함.

1933년(26세) 귀국.

1934년(27세) 이근채와 결혼. 소설 〈꺼래이〉, 〈복선이〉, 〈채색교(彩色橋)〉, 〈적빈(赤貧)〉 창작.

1935년(28세) 소설 〈악부자(顎富者)〉 창작.

1936년(29세) 소설 〈빈곤〉 창작.

1938년(31세) 남편과 별거. 만성위장병으로 입원. 오빠와 함께 상하이 여행을 떠남. 이후 건강 악화. 돌아와 이혼 절차를 밟음.

1939년(32세) 위장병 악화로 경성제국대학 병원에 입원. 6월 23일 췌장암으로 사망. 경북 칠곡의 가족묘지에 안장. 1970년대 들어 집안에서 파묘.

1951년 대구에서 죽순시인구락부 주관으로 백신애 추모회 개최.

1987년 백신애 작품집 《꺼래이》 발간 후 여러 유형의 작품집이 나옴. 20여 편 소설과 30여 편의 산문이 소개됨.

2004년 유고작 《아름다운 노을(외)》 발간.

2007년 영천에서 백신애기념사업회 발족.

2008년 탄생 100주년을 맞아 영천에 백신애 문학비가 건립됨. 이후 백신애문학상 등 여러 사업이 전개되고 있음.

*참조 : 구모룡 엮음, '작가 연보', 《백신애 연구》, 전망, 408~410쪽.

천국이 온다고 바라는
이들에게

시인
김수영

1. 시대를 살고 세기를 넘은 온몸시학

김수영(金洙暎, 1921~1968)은 서울 종로에서 태어났다. 선린상
고를 졸업한 뒤 일본 도쿄와 만주 길림에서 연극을 했고 광복 후
에 문학인들과 어울리며 시인으로 등단했다. 6·25전쟁기에 인
민군에 징집되었다가 이후 포로수용소를 거치는 동안까지 죽을
고비를 몇 차례 넘겼다. 전후 궁핍한 시기에 아내와 결별했다가
1954년부터 재결합해 번역과 양계로 생계를 이어갔다. 초기 관
념적인 분위기에 젖어 있던 시는 전쟁과 포로 체험, 부부의 결별

과 가난 등을 겪으며 내적인 심화를 이루었고 특히 4·19를 통해 보다 선연한 업적을 남기기에 이르렀다. 이후 1968년 불의의 교통사고를 당해 생을 마감하기까지 시와 시론에서 '시는 온몸으로 동시에 밀고 나가는 것'(《시여, 침을 뱉어라》, 1968)이라는 이른바 '온몸시론'의 독보적 경지로 그 영향을 오늘에까지 미치고 있는 시인으로 살아 있다.

김수영은 자신의 살아온 시대를, 그리고 그 시대를 살아온 자신의 삶을 시로써 가감 없이 드러내 그 삶의 굴레를 벗어나려 했다. 우리 시사는 거의 단 한번도 현실을 있는 대로 드러낸 적이 없었기 때문에 시가 그것을 가감 없이 드러내는 일이 지니는 의미를 생각해 볼 수 없었다. 나아가 마땅히 그 현실로부터 벗어나는 시에 대해 말하지 못했다. 김수영 시에 대한 이해는 사후에 진행된 시대와 관련돼 다양하게 전개되었다. 김수영의 시는 삶을 억압하는 체제에 대해 억압된 자신의 삶을 드러내면서 비판한 시로 이해되기 시작했다. 그 비판성은 날이 갈수록 개인의 삶을 억압하는 군건한 사회체제에 맞닥뜨리게 되면서 더욱 힘 있게 살아났다. 1970년대 유신체제의 암울한 정치사회적 분위기에서 시선 《거대한 뿌리》(민음사, 1974)의 발간으로부터 '자유와 저항'의 이미지로 조명되기 시작한 김수영은 시, 산문 전집, 선집, 평전 등의 저작으로 재정리돼 전모를 드러냈고, 분단독재의 통치구조를 심화한 신군부 파쇼의 반민주적 체제 아래 더욱 더한 가치를 발했다.

1980년대 민중문학의 자장이 한껏 두터워지고 있을 때 김수영의 시는 체제에 대한 근원적인 비판이라는 정신으로 이해되는 이른바 '민중시학적 관점'에서 그 수용범위를 넓혀 갔다. 반면 대상에 대한 관념을 즉자적 의미의 언어로써 파괴하면서 확보되는 독특한 심미감으로 많은 독자들에게 '모더니즘적 향유'를 제공했다. 이 두 대립적 관점의 해석은 냉전체제의 뜻밖의 종식과 더불어 그 용도가 파기되는 듯했다. 그러나 1990년대 이후부터 21세기에 들면서까지 다시 김수영의 문학은 서구 자본주의에 침윤된 현실에 대한 반성으로 이해하는 탈식민주의의 관점이나 더 나아가 유서 깊은 전통사상에 뿌리를 대고 있다고 보는 동양시학의 관점으로 해석되면서 더 넓은 독법의 자장을 마련하게 되었다.

어떤 문학가는 21세기 우리 시사에서 가장 화제적인 논쟁의 한가운데 자리한 '미래파'가 자리할 수 있게 한 근원에 김수영이 있다고 말하고 있다(황현산, 〈김수영의 현대성 또는 현재성〉, 2008). 또 어떤 철학자는 김수영이 50년 전에 도달한 인문정신에 우리가 아직 도달하지 못하고 있다고 자책한다(강신주, 《김수영을 위하여》, 2012). 무엇이 김수영을, 우리 사회와 문학사가 험난한 전환기를 맞을 때마다 새롭게 읽히게 했고, 또한 이 어두컴컴한 현실에 여전히 또렷하게 떠올리게 하는 것일까.

2. 사선을 넘나드는 고통의 시간

한국 현대사의 격동을 누군들 피해 갈 수 있었으랴만 그 중에서도 김수영은 어느 누구 못지않게 험난한 파고를 넘어야 했다. 김수영을 맏이로 한 8남매 앞에 두 형이 태어나자마자 먼저 세상을 떠난 일이 어쩌면 생이 간단치 않음을 미리 깨우쳐주는 경고장 같은 것이었을지 모른다. 그것도 부족해서 김수영 자신도 어의동보통공립학교 6년 과정을 마칠 무렵 치명적으로 장티푸스를 앓은 일도 있었다. 어떻든 그런 건 어쩌면 어차피 죽음으로 가게 돼 있는 인생사의 예방주사 같은 것인지도 몰랐다. 고등학교를 마치고 도쿄와 길림에서 연극을 할 때도 열악한 환경에 많은 고난을 겪었으리라는 것은 짐작되고도 남는다. 그러나 김수영에게 평생의 트라우마로 남게 되는 결정적인 경험은 6·25와 더불어 시작된 것이라 할 수 있다.

김수영은 광복 직후 서울에 와 있을 때 임화에게 크게 경도돼 있었던 것으로 알려져 있다. 임화는 1930년 전후 카프(KAPF)의 맹주로 활약한 문사로 광복 후 좌익 문인단체 '조선프롤레타리아 문학동맹'(문동)을 이끌고 있었다. 대한민국 정부 수립 전에 월북한 임화가 다시 나타난 것은 6·25전쟁 직후였다. 피란을 가지 않은 김수영은 다른 많은 문인들과 함께 임화가 재건한 문동 사무실에 나갔다. 김수영은 거기서 공산주의 교육을 받았고 때로 선전시위에 참여했다. 김수영의 갈등은 이후 끝간 곳을 알 수 없었다. 9·28수복 즈음 인민군은 철수를 감행했고, 김수영과 문사들은 북으로 이송되면서 인민군으로 편입되고 말았다.

이 이후 죽을 고비를 넘기며 인민군 부대에서 탈출해 죽을 고비를 넘기던 일, 서울로 돌아왔으나 다시 경찰서에 잡혀들어가 무자비하게 고문당한 일, 포로수용소에서 반공포로와 친공포로 간의 살벌한 폭력을 생니를 뽑아가며 견뎌낸 일 등으로 사선을 넘나드는 체험이 이어진다.

내가 6·25 후에 개천(价川) 야영훈련소에서 받은 말할 수 없는 학대를 생각한다.
북원(北院) 훈련소를 탈출하여 순천 읍내까지도 가지 못하고
악귀의 눈동자보다도 더 어둡고 무서운 밤에 중서면(中西面) 내무성(內務省) 군대에게 체포된 일을 생각한다.
그리하여 달아나 오던 날 새벽에 파묻었던 총과 러시아 군복을 사흘을 걸려서 찾아내고 겨우 총살을 면하던 꿈같은 일을 생각한다.(《조국에 돌아온 상병포로(傷兵捕虜) 동지들에게》)

자기 체험을 직접적인 언술로 드러내는 일을 장기로 삼은 김수영의 시와 산문에서 6·25전쟁기에 겪은 고난을 드러낸 예는 뜻밖으로 많지 않다. 위 시는 그 어려운 예의 하나다. 또는 미완성

으로 끝난 장편소설 《의용군》에서 인민군 의용군으로 편입된 김수영 자신과 흠모의 대상이 된 임화의 모습을 만날 수 있는 정도가 전부라고 할 수 있을 정도다. 그러나 이 시기는 김수영 문학에서 빼놓은 수 없는 잠재의식 공간에 자리잡는다. 사회주의에 우호적인 반공체제 국민이었으며, 공산당에게 총살당하는 무리의 일원이었으되 경찰의 무자비한 고문을 받고 포로가 된 인민군 신세였던 김수영은 분단과 반공은 영원한 벽이요 구속이었다. 진정한 자유를 위해 김수영은 끝까지 자신의 내면을 지켰다.

김수영은 그렇게 온몸으로 6·25를 겪었다. 그런 중에 포로수용소 병원장 통역관으로 일하다 한국정부의 반공포로 석방선포 여러 달 전에 억류민간인으로 분류돼 미리 석방된 일은 김수영 생애의 가장 큰 행운이자 한국문학사의 축복이라 할 수 있다.

이렇게 살아 돌아온 김수영에게 나라가 해줄 수 있는 것은 많지 않았다. 김수영은 궁핍을 헤쳐 나가기 위해 다시 가족과 떨어져 부산 거리에 섰다. 바로 이 무렵에 찾아든 시련은 개인사 중에서도 아주 독특하다. 김수영은 6·25 나던 해 결혼을 했고 그해 여름 생이별을 했다. 포로수용소에서 나온 김수영은 처 김현경과 어린 아들이 피난 가 머문 경기도 화성의 조암리로 갔다가 다시 생계를 위해 홀로 부산으로 가야 했다. 얼마 뒤 김현경도 김수영을 찾아 부산으로 가는데, 거기서 그만 다른 사내와 함께 살림을 차린 것이다. 그 사내는 김수영의 친구이자 김현경이 아저씨라 부르며 따르던 이종구였다. 김현경은 두 해 뒤 다시 김수영과 합치지만 이 사건 또한 김수영의 삶의 뿌리를 흔든 충격이었다.

3. 김수영의 질문을 오늘에 이어

불운한 시대를 만나 수차례나 죽을 고비를 넘기며 살아낸 김수영 앞에 이번에는 윤리와 도덕의 가치관을 뿌리부터 일거에 뽑아 버리는 듯한 상실감이 찾아온 것이다. 그러나 김수영은 자신의 밑바닥까지 들여다보는 고통을 감수하면까지 자탄을 거듭하지만 결코 자기를 방임하지는 않았다.

내가 으스러지게 설움에 몸을 태우는 것은 내가 바라는 것이 있기 때문이다.

그러나 나는 그 으스러진 설움의 풍경마저 싫어진다.

나는 너무나 자주 설움과 입을 맞추었기 때문에

가을바람에 늙어 가는 거미처럼 몸이 까맣게 타 버렸다.
―〈거미〉 전문

대상을 자아화하는 양상은 서정시의 대표적인 특징이라 할 수 있는데, 이 시도 얼핏 보면 거미를 '나'와 동일시하는 심상으로써 하나의 통일된 정서를 완성하는 서정시가 되었다고 할 수 있다. 그러나 이 시에서 거미가 대상화된 시적 자아로서의 의미로 읽힌다는 점은 그리 중요한 게 아니다. 여기서의 대상의 자아화는 실은 그 자체로 어떤 은유적이며 상징적인 세계로 나아갈 수 없다고 할 수 있다. 이 시에서 '거미'는 그냥 '거미'이고 '거미처럼 몸이 까맣게 타 버린 나' 역시 그냥 실제로 '몸이 까맣게 탄 나'이다. 즉, 이 시에서는 개미에 투영된 나가 아니라 나를 '몸이 까맣게 탄 나'로 인식하고 있는 나가 중요한 것이다.

김수영 시에서 '나'를 제대로 인식하고 성찰하는 인식은 초기 시부터 말년에 이르기까지 전편에 걸쳐 누차 되풀이되고 있다. 흔히 김수영의 시를 '바로보기'의 시학으로 이해하는 것도 이런 맥락이다. 김수영의 시는 바로보기를 통해 부단한 자기성찰을 드러낸다. 이때 대상을 언어화하면서 생겨나는 기존의 시적 이미지들은 고스란히 해체되고 실제의 대상, 그러니까 자신의 실제 그대로의 삶, 맨얼굴로써 새로운 이미지를 생성해 낸다. 과장·풍자·푸념·욕설 등의 파격은 김수영으로 보면 지극히 자연스러운 표현 언어다. 김수영은 시대와 개인의 운명에서 가장 밑뿌리까지 뿌리 뽑히면서도 끝까지 자기를 성찰했고, 그 과정에서 한국시에서 일찍이 보지 못하던 시들을 쏟아냈다.

김수영은 우리에게 자신이 살고 있는 시대와 그 시대를 살아가는 자신의 삶에 대해 가장 밑바닥까지 성찰한 시인으로 남아 있다. 물려준 시와 산문 자체가 엄청난 인문학적 자산이지만, 이로부터 빚어진 무수한 논의와 논쟁이 또한 우리에게 수많은 자기성찰의 기회를 안겨주었다. 더 중요한 것은 우리 삶이다. 우리는 얼마나 질문 없이 살고 있는가. 가혹하게 몰아치는 세속의 요구에 대해 우리는 기껏 분노하고 폭로하고 비방하고 한탄만 할 뿐, 진정 우리 자신을 들여다보고 자신의 삶이 어떠해야 하는지 반성하지는 않고 있다. 이것이 오늘 우리가 김수영과 같은 얼잡이를 되새겨야 하는 이유다.

김수영은 한때 이렇게 노래했다.

> 불쌍한 백성들아
> 불쌍한 것은 그대들뿐이다
> 천국이 온다고 바라고 있는 그대들뿐이다
> ─〈육법전서와 혁명〉에서

4·19 무렵 진정한 혁명의 의미를 묻는 이 질타는 오직 나만의 천국을 향해 자신을 돌아보지 않고 돌진하고 있는 지금 우리를 향해서도 여전히 유효하다.

김수영 연보

1921년(1세) 11월 27일, 서울 종로2가 관철동에서 아버지 김태욱(金泰旭)과 어머니 안형순(安亨順) 사이의 8남매 중 장남으로 출생.

1924년(4세) 조양유치원 입학.

1926년(6세) 계명서당에 다님.

1928년(8세) 어의동 공립보통학교 입학.

1934년(14세) 가을운동회가 끝난 뒤, 장티푸스에 걸림. 폐렴과 뇌막염까지 전이되어 학교생활이 불가능해짐. 용두동으로 이사.

1935년(15세) 경기도립상보고 진학 시험에 응시하나 불합격. 선린상업학교 진학 시험에 응시하지만 불합격. 선린상업학교 야간반에 입학.

1938년(18세) 선린상업학교 야간반을 졸업한 뒤 본과 2학년에 진학.

1940년(20세) 현저동으로 이사.

1942년(22세) 우수한 성적으로 선린상업학교 졸업. 일본 도쿄로 유학을 떠남. 학교 선배 이종구(李鍾求)와 도쿄 나카노에서 하숙. 조후쿠고등예비학교에 입학, 얼마되지 않아 자퇴. 미즈시나 하루키 연극연구소에 들어가 연출 수업을 받기 시작.

1943년(23세) 태평양 전쟁으로 인해 만주 길림성(지린성)으로 이주. 징집을 피해 겨울에 귀국 후 고모집에서 생활.

1944년(24세) 다시 만주 길림성으로 돌아감. 길림극예술연구회 회원이었던 임헌태와 오해석 등을 사귐.

1945년(25세) 〈춘수(春水)와 함께〉라는 3막극에서 권 신부 역을 맡아

연기. 가족들과 함께 고모집에서 기거하다가 충무로 4가로 이사. 시 〈묘정의 노래〉를《예술부락》에 발표하며 등단. 아버지 병세가 악화되어 어머니가 살림을 꾸려나가기 시작.

1950년(30세) 김현경(金顯敬)과 결혼. 6·25전쟁 발발 후 조선문학가 동맹에 참여. 문화공작대라는 의용군에 강제 동원되어 1개월간 군사 훈련받음. 그 후 인민군 후퇴 때 북으로 올라가 평안남도 순천에 배치되었다 탈출함. 서울로 돌아왔다가 경찰에 체포돼 거제도 포로수용소에 수용됨. 미 야전병원 통역관으로 일하게 됨.

1953년(33세) 억류민간인 신분으로 석방. 시 〈조국에 돌아오신 상병 포로동지들에게〉를 썼으나 미발표. 박태진의 소개로 미군 수송관의 통역관으로 취직하나 그만 두고 선린상업학교에서 교편을 잡음.

1955년(35세) 마포 구수동으로 이사 후 번역일 하며 집에서 양계를 함. 시 〈여름뜰〉, 〈여름아침〉, 〈눈〉 창작.

1957년(37세) 〈폭포〉를 포함한 다섯 편의 시 발표.

1959년(39세) 첫 시집《달나라의 장난》 출간.

1960년(40세) 4·19에 영향을 받아 〈푸른 하늘은〉, 〈기도〉, 〈거미잡이〉, 〈나가타겐지로〉, 〈나는 아리조나 카보이야〉 등 많은 작품을 발표.

1961년(41세) 5·16군사 쿠데타가 발발한 뒤, 박경리, 이어령 등과 함께《한국문학》발간에 참여해 시와 시작(詩作) 노트를 계속해서 발표.

1965년(46세) 한일협정 반대시위에 동조하여 박경리, 박두진, 조지훈 등과 함께 성명서에 서명함.

1968년(48세) 6월 15일 교통사고로 사망.

1969년 사망 1주기를 맞아 묘 앞에 시비가 건립됨.

1974년 시선집《거대한 뿌리》출간.

1981년《김수영 시선》출간.《김수영 전집》출간. 김수영문학상 제정.

2013년 서울 도봉구 해등로에 김수영문학관 개관.

자본에 유린되고 있는
세상을 향한 외침

시인
신동엽

1. 한국역사의 정신사적 맥락으로서의 시

국가의 주권을 국민에 두고 국민을 위해 정치를 하는 체제나 사상을 민주주의라 한다. 우리나라가 이런 민주주의로 국가를 유지하는 데 걸린 시간과 희생을 모르는 사람은 없을 것이다. 19세기 말의 동학은 '백성이 나라의 주인'이라는 인식을 집단행동으로 보여준 최초의 사건이라 할 수 있다. 일제 강점기의 3·1운동은 이를 항일독립투쟁으로 승화한 것으로 평가된다. 1960년 4·19혁명은 정권에 앗긴 주권을 국민에게로 되돌리려는 국민들의 자발적인 반독재민주화 투쟁이었다. 한국 민주주의의 역사는 이렇듯 동학에서 발아되고 3·1운동으로 저력을 드러낸 다음 4·19혁명으로 꽃을 피우면서 이후 뚜렷한 실체를 얻는 과정으로 완성을 이루었다고 할 수 있다. 한국 현대문학이 이 정신사적 맥락을 놓칠 리 없다.

껍데기는 가라
4월도 알맹이만 남고
껍데기는 가라

껍데기는 가라
동학년 곰나루의 그 아우성만 남고
껍데기는 가라

그리하여 다시
껍데기는 가라
이곳에선 두 가슴과 그곳까지 내논
아사달 아사녀가
중립의 초례청 앞에 서서
부끄럼 빛내며
맞절할지니

껍데기는 가라

한라에서 백두까지

향그러운 흙가슴만 남고

그 모오든 쇠붙이는 가라

— 〈껍데기는 가라〉 전문

 신동엽(申東曄, 1930~1969)이 쓴 이 시는 우리 역사에서 4·19
를 기억하는 만큼이나 자주 음미되는 시라 할 수 있다. '껍데기
는 가라'로 반복되고 변주되는 단호한 리듬, 4·19에서 동학을
잇고 그것을 다시 우리 민족사의 상징적인 인물(아사달, 아사녀)과
공간(한라, 백두)으로 이어가는 역동적 의미망 등이 봉건과 외세,
독재와 자본에 짓눌려온 우리 역사의 한을 통쾌하게 씻어주는 듯
한 격한 감동을 불러오는 시다. 이즈음 이 시는 '쇠붙이/흙가슴'
'껍데기/알맹이'의 선명한 대비가 단순히 '전쟁/평화'나 '허위/
진실'의 관계로 이해되기를 넘어 문명의 폐해를 극복하는 힘이
원시적 자연성의 회복에 있다는 생명주의를 선도한 작품으로 평
가되면서 그 '선각자적 가치'까지 존중되기도 한다.
 이 시가 발표된 것은, 1960년대 후반 가장 대표적인 문학 출
판사이던 신구문화사가 기획 간행한 전 18권의 '현대한국문학
전집' 중 마지막 권인 《52인 시집》(1967.1)에서다. 광복 이후 등
단 작가들을 대상으로 한 이 전집은 17권까지가 소설이었고 이

마지막 18권에 김종삼, 김수영, 김관식, 고은을 비롯한 주목받는 30, 40대 시인 52인이 대거 운집돼 있다. 신동엽은 여기에 〈3월〉〈원추리에서〉 등 다른 6편과 더불어 이 〈껍데기는 가라〉를 실었다. 그리고 그것은 4·19와 함께, 위기와 절망을 헤쳐온 한국 민주주의의 역사를 증언하는 시로 살아남아 있다.

2. 비극과 절망에서 새로운 인식 지평으로

지금은 '민족시인'이라는 이름으로 불리지만 실은 신동엽도 일제의 지휘를 벗어날 수 없는 반도의 신민으로 유소년기를 바쳐야 했다. 퇴락한 백제의 옛 도읍 부여에서 가난한 농부의 아들로 태어난 신동엽 앞에는 약탈자 일본의 횡포가 극에 달해 나날이 가혹하게 핍박받는 식민지 조선의 현실이 놓여 있었다. 게다가 그 고향은 자주 홍수와 가뭄이 번갈아 지나가 굶주림으로 쑥밭이 되는 곳이었다. 그곳에서 신동엽은 풀을 뜯어 삶아 먹는 걸로 주림을 달래는 일을 다반사로 치르며 힘겹게 살아내야 했다.

아버지가 첫 부인 사이에 딸 넷과 아들 하나를 얻었는데 그 중에 아들이 먼저 죽었고, 그 부인도 일찍 죽었다. 신동엽은 둘째 부인 밑으로 난 첫째로, 이어 여덟 딸 중에 넷이 어려서 죽었다. 이렇게 해서 손이 귀한 집의 외동아들이 되긴 했으나 먹고사는 문제에서는 남아선호의 관습에서도 누릴 수 있는 게 전혀 없었다. 그나마 부여국민학교를 다니면서 줄곧 우수한 성적을 냈다는 것이 위안이 되었다. 신동엽은 조선학생으로서는 유일하게 내지 성지 참배단으로 뽑혀 일본 여행을 하기도 했고, 졸업할 때도 우등생으로 상장에 상품까지 받는다.

1945년 전주사범에 입학해서 여전히 제대로 먹지도 못하면서 독서에 열중해 학교에 비치된 국내외 명작을 닥치는 대로 읽을 수 있었다. 김소월에서 신석정과 정지용을 거쳐 오장환에 이르는 폭넓은 시집 읽기도 이 무렵에 했다. 신동엽의 민족 현실에 대한 사상적 자각은 대체로 여기서부터 시작되었다고 할 수 있다. 많은 책 중에서 특히 러시아의 무정부주의자인 크로포트킨의 책이 오래 시선을 사로잡았다. 사회주의도 자본주의도 개인의 자유를 제한하는 권력이라면 옳지 않다는 생각이 점차 굳어지고 있었다.

신동엽의 이런 깨우침은 광복 후 현실에 부딪치면서 새살을 붙여 갔다. 좌우로 갈린 학생들은 무정부주의를 신뢰하던 신동엽을 양쪽에서 협박했고 결국 폭행까지 했다. 그런 중에 신동엽은 광복이 되었는데도 여전히 친일파가 일제 때의 토지를 그대로 소유하고 있는 현실에 분노하며 '민주학생연합'의 일원이 되어 맞섰다. 이 일로 '빨갱이'로 몰려 퇴학당하는 불운을 맞는다. 6·25 전쟁 때는 인민군에 부역하는 행적도 남기게 돼, 이후 국민방위군에 입대해 혐의를 씻으려 애쓰는 곡절도 겪었다. 전시에 단국대 사학과를 졸업한 신동엽은 다시 군 입대로써 부역 혐의를 완전히 벗겨낸다. 이어 인병선과 열애 끝에 결혼했지만 건강 악화로 별거를 하기도 했다. 이렇듯 신동엽은 나이 서른까지 민족의 비극과 개인의 고통으로 연계되는 뼈아픈 세월을 겪어왔다.

그러나 이 모든 것이 시인 신동엽을 낳게 한 값진 체험이라 할 수 있다. 많은 이들이 지적하듯 신동엽 시는 비극과 절망의 역사에서 긍정과 극복의 가치를 읽어내 이를 미래를 향한 열린 세계로 드러낸다고 평가된다. 그 첫 모습은 1959년 1월 조선일보 신춘문예 입선작 〈이야기하는 쟁기꾼의 대지(大地)〉에서 볼 수 있다. 쟁기는 논밭을 갈 때 농기구로 주로는 소나 말의 힘을 빌려 쓰인다. 쟁기꾼은 쟁기를 쓰는 농부를 이름이니, 이 시는 말하자면 논밭 갈며 사는 농부가 자신의 대지에 대해 이야기하는 내용이 된다. 이 시는 시로는 보기 드물게 앞머리에 서화(序話), 끝자리에 후화(後話)를 두고 가운데 1화부터 6화까지 총 여섯 화를 두고 있는 장시다. 시인은 쟁기꾼 농부의 입을 빌려 6·25전쟁 등 우리 역사에서 비극적으로 죽어간 이들을 위로하고 그 희생 위에 우리 힘으로 우리가 함께 살 좋은 세상을 만들어야 한다고 다양한 어조로 이야기한다.

  가리워진 안개를 걷게 하라.
  국경이며 탑이며 어용학(御用學)의 울타리며

죽가래로 밀어 바다로 밀어넣어라.

하여 하늘을 흐르는 날새처럼
한 세상 한 바람 한 햇빛 속에
만 가지와 만 노래를 한 가지로 흐르게 하라.
— '제5화'에서

　지나간 역사와 지금의 자리를 오가며 때로는 속살거리고 때로
는 장엄하게 외치면서 비극을 아파하고 폭력을 비판하고 나아가
미래의 시간을 제시한 이 시는 여러 면에서 화제가 될 만하다. 입
상자에게 사전 통보도 없은 데다 사상적으로 문제시될 만한 내용
을 수정한 뒤 당선작 아닌 입선작으로 1월 3일자에 게재한 걸 보
면 실제로도 당선작 이상으로 논란이 되었을 거라는 짐작이 가능
하다. 이는 심사평에서도 드러나는바 양주동은 '대단한 솜씨, 줄
기찬 말의 행렬, 새롭고 신기한 용어' 등으로 놀라움을 표하면서
"이 작품의 작가는 마흔 살이 넘고, 참선을 10년 정도는 했을 것
이 분명"하다고 썼다. 예심을 볼 때 '무릎을 치고 싶도록 좋은
시'라고 감탄한 박봉우는 시상식을 마치고 나서 신동엽과 어울려
다니기 시작해 이후 떼려야 뗄 수 없는 사이가 된다.

3. 씨앗의 마음으로 열매 맺는 세상으로

일제 강점기 때부터 독서와 여행으로 현실에 대한 깊이 있는 인식을 얻고 이후 이데올로기와 전쟁의 폭력을 경험하면서 민족 역사에 대해 뚜렷이 자각해 간 신동엽을 결정적으로 한 단계 성숙시킨 사건은 바로 4·19다. 1960년 당시 교육평론사에서 근무하던 신동엽은 4·19의 뜻을 기리는 공동시집 '학생혁명시집'을 기획해 내면서 자신의 시 〈아사녀〉를 여기에 싣는다.

> 온갖 영광은 햇빛과 함께,
> 소리치다 쓰러져 간 어린 전사의
> 아름다운 손등 위에 퍼부어지어라.
> — 끝부분

이 시에서 역사적 사건을 현실의 시간으로 퍼올리면서 그 가치를 장엄한 어조로 드러내는 특유의 분위기는 이후 서정성과 서사성이 서로 밀고당기는 통합적인 세계로 이어진다. 1963년의 첫 시집은 바로 이 〈아사녀〉를 표제작으로 한 《아사녀》이다. '아사녀'는 설화 속의 인물이면서 동시에 백제와 신라를 통합하는 역사적 상징성을 표상하는 시어라고 할 수 있다. 신동엽이 '아사녀'를 말한다는 것은 그 시가 서사성을 지향하고 있다는 뜻이며 동시에 그 서사성은 또한 우리 민족의 유구한 삶과 정신을 집약하는 이야기와 관련된다는 뜻이다. 신동엽이 시 못지않게 시극에 관심을 두었다는 점도 이와 관련된다. 실제로 신동엽은 시극을 시도해 성과를 보였는데 그 첫 작품이 1966년 최일수 연출로 국립극장에서 상연된 〈그 입술에 패인 그늘〉이다. 출세작인 시 〈껍데기는 가라〉도 '아사녀'의 서사성이 서정성에 녹아들면서 일종의 '격정적 응축'을 이룬 예라 할 수 있다.

토속의 삶과 정서에 기반해 있으면서도 우리 역사에 대한 이야기로서의 관심과 인식을 구체적으로 드러내려 한 신동엽의 역량이 또 한번 결집된 작품이 장편서사시 《금강》이다. 신동엽을 자신의 태어난 백제의 여러 땅을 비롯해 호남과 충청의 산악을 돌며 이야기를 얻고 그것을 이미지와 결합시키려 애쓰면서 20년 동안 이 작품을 준비해 온 것으로 알려져 있다. 1967년 12월 국제펜클럽의 작가기금 5만 원을 받은 신동엽은 전면에 동학을 내세워 민족 주체성을 부르짖으며 한편으로 분단의 극복과 통일을 희망하는 장편 서사시의 완성에 박차를 가했다. 전 26장과 앞뒤에 서화·후화를 둔, 시행으로 4,800행에 이르는 《금강》은 1968년 '한국현대 신작전집'의 5권 '3인 시집'에 수록되어 세상에 알려진다.

신동엽은 자신의 시론에서, 지금 우리를 지배한 문명을 파도가 일어 공중에 솟구치는 물방울이라는 의미에서 '차수성(次數性) 세계'로 상정하고, 이 대지에 누워 있는 씨앗의 마음인 '원수성(原數性) 세계'를 지향하고 나아가 그 씨앗으로부터 열매를 얻는 땅으로 귀환해야 한다는 뜻에서 '귀수성(歸數性) 세계'를 열망했다. 자본이라는 외피에 몸과 마음이 유린되는 세상을 살고 있는 지금 과연 '껍데기는 가라'고 외칠 수 있는 사람은 그 누구일까. 그 사람은 그 누구가 아닌 우리 자신이어야 한다고 신동엽의 남은 시들이 일러주고 있다.

신동엽 연보

1930년(1세) 충남 부여에서 신연순의 1남 4녀 중 장남으로 출생.

1938년(9세) 부여공립진조소학교 입학.

1944년(15세) 부여국민학교 졸업.

1945년(16세) 전주사범 입학.

1948년(19세) 사범학교 4학년 때, 동맹휴학에 가담했다는 이유로 퇴학.

1949년(20세) 부여 인근 초등교사로 발령. 부임 3일 만에 사직. 단국대 사학과 입학.

1950년(21세) 한국전쟁 발발 후 고향으로 내려감. 부여민족청년회 선전부장으로 지냄. 국민방위군에 징집.

1953년(24세) 단국대 사학과 졸업. 제1차 공군 학도간부후보생 지원 후 합격. 고향에서 대기하다 환도령과 함께 서울로 올라감. 성북구 돈암동에서 자취생활과 함께 헌책방 운영.

1956년(27세) 가제《야화》로 동인지를 내기 위해 노력.

1957년(28세) 인병선과 혼인. 부여로 돌아옴. 충남 보령의 주산농업고등학교에 교사로 부임.

1959년(30세) 폐결핵으로 학교 사직. 가족을 돈암동으로 보내고 혼자 남아 요양 시작. 조선일보 신춘문예에 석림이라는 필명으로 장시 〈이야기하는 쟁기꾼의 대지〉 입선.

1960년(31세) 서울로 올라와 교육평론사에 취직. 4·19를 기념하는《학생혁명시집》기획 출판하여 혁명에 동참.

1961년(32세) 《자유문학》에 시론 〈시인 정신론〉 등 발표. 명성여자고등학교 국어교사 재직.

1963년(34세) 첫 시집 《아사녀》 출간.

1965년(36세) 한일협정 반대하는 문인운동에 서명. 《현대문학》에 〈삼원〉 발표. 《사상계》에 〈초가을〉 발표.

1966년(37세) 시극 〈그 입술에 패인 그늘〉 상연.

1967년(38세) 시 〈껍데기는 가라〉, 장편서사시 〈금강〉 등 발표.

1968년(39세) 오페라타 석가탑 드라마센터에서 상연. 김수영 추모 조시 〈지맥 속의 분수〉를 《한국일보》에 발표.

1969년(40세) 시론 〈시인, 가인, 사업가〉를 《대학신문》에, 〈선우휘 시의 홍두깨〉를 《월간문학》에 발표. 간암으로 타계.

1970년 〈봄의 소식〉 등 유작시 5편 발표.

1975년 《신동엽 시 전집》 출간.

1979년 시집 《누가 하늘을 보았다 하는가》 출간.

1982년 신동엽문학상 제정.

1985년 유족과 문인들에 의해 생가 복원.

1990년 단국대학교 서울캠퍼스 교정에 신동엽 시비 건립.

1994년 동학농민전쟁 100주년 기념으로, 세종문화회관 대극장에서 가극 〈금강〉(문호근 연출) 초연.

2003년 대한민국 은관문화훈장 서훈.

2013년 5월 충청남도 부여군 부여읍 신동엽길에 신동엽문학관 건립.

따뜻한 삶에서
엄정한 문학으로

소설가
황순원

1. 〈소나기〉 그 이상의 작가

황순원(黃順元, 1915~2000)은 무엇보다 단편소설 〈소나기〉로 알려진 작가다. 〈소나기〉는 주지하다시피 산업화 이전 친숙한 농촌을 배경으로 성장기 소년 소녀의 첫사랑의 아픔과 죽음의 이별을 쉽고 절제된 언어로 극화한 작품이다. 이 작품은 1952년 10월 작가가 가족들과 부산에서 피난 생활을 할 때 "전쟁의 상처와 갈등에서 벗어나고 싶어서 쓰게 된 작품"(장현숙)으로 알려져 있다. 지면이 흔치 않은 시절, 이듬해 5월 《신문학》에 처음으로 발표되면서 세상에 공개되었고, 이후 1956년 단편집 《학》에 수록되면서 '정본'의 지위로 올라섰다. 이어 1959년 문화자유회의(Cultural Freedom)의 영국 지부 기관지 '엔카운터(Encounter)'의 단편소설 콩쿠르에 입상해서 명성을 보태기도 했다.

〈소나기〉가 오늘날 우리나라 성인이면 누구나 읽고 기억하는 거의 유일한 소설이 된 데는 1966년 중학교 국어 교과서에 처음 게재된 후 오늘에 이르기까지 한 해도 빠지지 않고 전문이 수록되어온 제도적 환경도 크게 작용했다고 할 수 있다. 그러는 사이, 영화, TV 드라마, 연극, 뮤지컬, 오페라, 애니메이션 등으로 제작되어 다양한 대중들을 새롭게 만나 왔다. 작가의 타계 직후 작가가 오래 봉직해온 대학의 문학인 제자들이 나서 이 작품을 주제로 한 문학테마파크를 기획했고, 2009년 6월 경기도 양평군 서종면 수능리에 '소나기마을'이 조성돼 지금까지 날로 다양한 층의 방문객을 맞고 있다.

〈소나기〉로 널리 알려져 있지만 황순원은 물론 이 한 편만으로 이해되는 작가가 아니다. 문외한이라 해도 〈소나기〉와 더불어 반세기 넘어 교과서에 올라 있는 〈별〉, 〈학〉, 〈목넘이 마을의 개〉, 〈독 짓는 늙은이〉 등을 읽은 기억에서 멀어지기는 쉽지 않을 것이다. 또한, 6·25전쟁기 피난 체험을 자전적으로 다룬 〈곡예사〉, 불의의 사고로 평생을 불구로 살아온 친구의 아름다운 내면을 확인하는 〈소리 그림자〉, 친구를 밀고해 죽게 한 비밀을 안고 그 친구의 처자식과 한 가족이 되려는 영광의 사연에 박수를 보내는 〈모든 영광은〉 등 혼탁한 세상에서 끝내 인간에 대한 신뢰를 잃지 않는 인간주의적 면모를 간결함의 미학으로 밀어올린 수작들에 감동한 경험을 말하는 사람들이 적지 않다.

그러나 황순원은 예의 시적 문체와 서정적 분위기를 중심으로 한 단편소설로만 작가적 능력을 발휘해온 작가가 아니다. 황순원은 생전에 시 백여 편, 중단편소설 백여 편 외에 《일월》(1965), 《움직이는 성》(1973), 《신들의 주사위》(1982) 총 7권의 장편소설 등 결코 만만치 않은 편수와 분량의 작품을 남겼다. 특히 장편소설에서 예의 간결하고도 생동감 있는 문체와 꽉 짜인 구성으로 6·25전쟁의 직간접적 상처에 시달리는 현실적 정황에서부터 한국인의 정신 근원, 인간의 고독과 화해 등에 이르는 깊이 있고 폭넓은 주제를 가꾸어 왔다. 여전한 시적 정취와 여운, 소설이 요구하는 풍성한 이야기 세계, 개성적이고 극적인 캐릭터, 그리고 문학이 요구하는 인간의 근원에 대한 형이상학적 질문까지 수북이 담아냈다.

2. 위기를 견디고 이기며

황순원은 10대 후반에 시를 발표하면서 시인이 된 뒤 20대 초반에 소설로 전환해 짧고 간결한 단편을 쓰는 한편으로 장년기에 들면서 점점 장편소설에 치중해 인간의 다면적인 세계를 원숙하게 그려갔다. 많은 독자가 생겨났고 또한 문학상이 주어졌고 많은 영예가 얹어졌다. 한두 번 문학논쟁에 나선 적은 있지만, 저명한 사람에게 따르기 마련인 구설수에도 오른 적이 없었다. 친일 혐의도 없었고 이념 대립에 휘말린 적도 없었다. 1940년대 "일본어를 소설을 쓰라"던 춘원의 권고에도 한글소설을 써서 갈무리해두었다가 광복 후에 폭발적으로 쏟아낸 일은 나중에 '일제 강압에도 민족혼을 지켜 순수 한글문학을 창작한, 넓은 의미의 항일'로 칭송받았다. 30대에 대한민국 예술원 회원이 되고, 40대에 모든 문학상의 심사위원, 무수한 문학상의 수상자가 되었으며, 대학 교수로서 말년까지 제자들의 존경을 받았다. 많은 작품은 여전히 교과서에 남아 후손들에게도 감동의 체험을 이어가게 하고 있다. 소나기마을을 중심으로 여러 작품이 재독되면서 '원 소스 멀티유즈'의 원천 소스로도 제공되고 있다.

황순원의 문학적 생애를 위와 같이 정리하는 것은 어쩌면 어렵지 않은 일인지도 모른다. 그만큼 굵직굵직한 업적도 많고, 거기에 살아온 생애마저 하나의 전인의 삶에 가깝기 때문이다. 그러나 황순원에게도 많은 위기가 있었고, 그 위기에서 고통도 많았다. 유혹도 있었고 참기 어려운 굴욕의 시간도 있었다. 가령 아주 어릴 때로 치면, 네 살 때 3·1운동 당시 평양 숭덕학교 교사로 있으면서 태극기와 독립선언서를 평양 시내에 배포한 아버지가

1년 반 동안 옥살이를 하게 돼 어머니와 시골집에 머물면서 당한 위기 같은 걸 말할 수 있겠다. 유학을 할 때인 1934년 도쿄에서 첫 시집(《방가(放歌)》)을 내고나서 '검열을 피해 일본에서 출간을 한 죄'로 29일간 구류를 산 적도 있었다. 광복 후 평양에서 토지를 몰수당하면서 가족 전체가 궁지에 몰리기도 했다. 이때 일가 친척과 함께 월남을 감행해 황순원은 실향민이 되고 만다.

황순원이 월남을 할 수밖에 없었던 이북 상황은 장편 《카인의 후예》에 극화되어 있는데, 최근 밝혀지는 연구(오창은)에 따르면 '관서시인집' 필화사건이 더 직접적인 월남 이유가 된다고 한다. 1946년 북한에서는 '부르조아적 문학'을 몰아내기 위한 일련의 문예운동이 전개되고 있었다. 광복 기념집으로 나온 《응향》, 《관서시인집》 등이 그 비판의 도마에 올랐다. 이중 원산에서 발간된 광복 일주년 기념사화집 《응향》은 대표적으로 공격을 받으며 북한 초기 문예이론의 비판 텍스트로 자리잡았다. 이 일로 《응향》에 시를 실었다 퇴폐시인으로 지목된 시인 구상이 월남한 사건이 유명한 '응향 필화 사건'이다. 《관서시인집》은 《응향》의 평안도 판이라 할 수 있다. 여기에 작품을 실은 황순원, 양명문 등은 비판을 받다가 월남을 감행해 버린다. 이후 서울고등학교에 교편을 잡았지만 작가로서도 가장으로서도 불안정한 황순원의 작품을 잡지에 싣기 위해 부인 양정길 여사가 잡지 《삼천리》의 편집자이자 화가인 구본웅을 찾아간 얘기가 한 지면을 통해 전해지고 있다. 이때 발표한 작품이 양조장 경영권을 둘러싼 갈등을 통해 광복 직후 이북의 사회 혼란상을 그리고 있는 명단편 〈술〉이다.

황순원의 생애에 가장 힘든 위기는 동시대 많은 사람에게 그러했듯이 6·25전쟁과 함께 찾아온다. 전쟁이 났을 때 처음에는 피난을 가지 못했다. 한강다리가 끊어진 상황에서 나중에야 폐렴환자를 가장해 리어카에 실린 채 경기도 광주로 피난을 가서 위기를 모면하기까지 공포스런 시간을 겪기도 했다. 이 시기 어머니와의 일화가 단편 〈참외〉로 묘사되기도 한다. 본격적인 피난 생활은 1·4후퇴 때부터 시작된다. 피난 과정에서 가족들이 대구와 부산으로 이산된 일, 대구에서 변호사 집 곁방살이를 하던 일, 부산에서 부부와 3남 1녀가 모두 세 집으로 나눠져 떨어져 살아야 했던 일, 그마저 구심점이 된 남의 집 곁방에서 쫓겨나던 일 등등은 단편 〈곡예사〉, 〈어둠 속에 찍힌 판화〉, 〈메리 크리스마스〉 등에 녹아 있다. 특히 〈곡예사〉는 자전적 체험이 거의 가감 없이 담겨 있는 작품으로 "이런 계열의 작품 가운데서 가장 감동적인 완벽한 작품"(유종호)이라 평가되고 있다.

황순원은 실향민으로서 전쟁 후 서울에서도 한곳에 정착하지 못했다. 1957년부터 대학교수로 지냈다 하지만 삶은 각박했다. 작가가 한국인의 속성으로 분석하는 '유랑민 근성'(이보영) 같은 것이 실제의 삶에 적용되었다고도 할 수 있다. 회현동-남현동-잠실-여의도-안양-청량리-대림동 등등은 황순원 생애의 거주지를 이은 지명들이다. 이러는 동안 많은 작품을 썼지만, 쉽게 쓸 수 있고 또한 쉬운 벌이가 되는 잡문은 쓰지 않았다. 유명작가들로서는 새롭게 도약할 수 있고 생활자금을 든든히 마련할 수도 있는 신문 연재소설도 전혀 시도하지 않았다. 연재를 한 것은 주로 문학지였는데 그마저도 폐간되거나 해서 중단된 적이 여러 번이었다. 황순원이 산문을 남긴 것은 나중에 《말과 삶과 자유》라는 산문집으로 엮이는 짧은 단상들이 거의 유일한 것이다. 작가도 작품 외에 문학론이나 자기 작품론 같은 걸 쓸 수 있고 또한 사회문제에 대해서 정당하게 발언하는 것이 더 작가다운 일이라고 주장하는 사람도 있지만 어떻든 황순원에게 그런 일은 기대할 수 없었다. 그는 '작가는 작품으로만 말한다'는 말을 수시로 해온 작가이며, 이를 그대로 지킨 거의 유일한 작가라고 할 수 있다.

3. 삶을 사는 인간으로서의 문학

황순원을 문학과 삶이 일치하는 작가라고 말하면 한 작가를 완벽한 성인의 반열에 올리는 듯해서 말을 아끼는 것이 옳지 싶다. 하지만, 20세기 문학사에서 실제로 삶에서 세속의 이와 명예에 유혹되지 않았고, 문학에서 군더더기 하나 없는 문장으로 끝까지 인간 본연의 순수성을 옹호한 일로는 황순원 외에 그 누구를 찾아보기 힘들다. 그래도 그렇게만 얘기하면 역시 어딘가 비현실적으로 느껴지기 마련이다. 황순원은 순수를 옹호했다 해서 그저 도덕주의적 인간을 창조하는 데 급급한 것도 아니고, 잇속을 따지지 않았다 하지만 가령 원고료 문제에는 아주 민감한 반응을 드러내곤 했던 작가다.

그 점에서 황순원은 또한 누구보다 인간적인 인물인 셈이었다. 주변인들의 증언이나 회고담으로 전하는 스토리는 황순원을 책 속의 작가가 아니라 삶의 체온을 느끼게 하는 작가로 남아 있게 한다. 와세다 대학 영문과 출신인 황순원은 서울고등학교 교사로 임용될 때 영어 교사로 추천하는 학교 측에 자신이 한글로 문학을 한 사람이라는 것으로 국어교사가 되겠다고 자처했다(작가 안영의 증언). 대학교수 시절에는 학과를 이끄는 주임교수를 제외하면 일체의 보직을 사양했고, 어느 대학에서 주겠다고 하는 명예박사학위도 '작가에게 박사학위가 왜 필요하냐'며 사양했다. 식민지 시절 만난 문학인들 중 일부 과대평가되고 있는 인물에 대해서는 대놓고 바람직하지 않다고 했다.

역시 대시인으로 성장한 장남 황동규에게 자신이 믿는 신앙과 교회를 강요하기도 했고(황동규의 시 〈이사〉), 먼저 죽은 술친구 원응서(수필가, 영문학자)를 위해 술자리에서 꼭 마지막 잔을 남겨두는 의식을 한동안 치르기도 했고(단편 〈마지막 잔〉), 졸업한 제자들하고 함께 하는 회식에서도 반드시 '오늘 회비가 얼마냐?'고 물으며 회비를 냈다. 이 밖에 신춘문예 심사에서 아끼는 제자의 작품이 당선작으로 내밀어질 때 이를 반대해 다른 작품을 당선작으로 정해 놓고 나중에 그 제자한테 미안한 감정을 다른 칭찬으로 표현한 일(작가 고원정의 예), 작품에서 사투리의 정확성을 위해 그 지방 출신 학생을 집으로 오게 하면서 택시비를 아끼지 않은 일 (평론가 김종회의 증언), 작품집 발간 때 교정을 직접 여러 번 보고는 앞의 교정본을 반드시 없애게 한 일(평론가 김병익의 증언) 등등 삶의 일화로 남겨주는 사연에 남다른 인간미가 묻어난다. 인문적 업적이란 것도 사실 그 삶에서 나오는 것이다.

황순원 연보

1915년(1세) 3월 26일, 황찬영과 장찬붕의 장남으로 평안남도 대동군에서 출생.

1921년(7세) 평양으로 이사.

1923년(9세) 평양 숭덕소학교 입학.

1926년(12세) 체증을 다스리기 위해 소주를 접하게 됨.

1929년(15세) 숭덕소학교 졸업. 정주 오산중학교 입학, 남강 이승훈 선생을 만남. 한 학기를 보낸 후 평양 숭실중학교로 전학. 동요와 시를 쓰기 시작.

1931년(17세) 시 〈나의 꿈〉을 처음 발표.

1934년(20세) 숭실중학교 졸업. 일본 동경 와세다 제2고등학원 입학. 이해랑, 김동원 등으로 이루어진 극예술 연구 단체 '동경 학생예술좌' 창립. 시를 모아 첫 시집인 《방가》 출간. 이듬해 조선총독부의 검열을 피해 도쿄에서 시집을 발간한 것이라 해서 평양경찰에 체포, 29일 동안 구류됨.

1935년(21세) 나고야 금성여자전문의 학생인 양정길과 결혼. 삼사문학(三四文學)의 동인으로 활동.

1936년(22세) 와세다대학 문학부 영문과에 입학. 시집 《골동품》 발간. 동인지 〈창작〉 발행.

1940년(26세) 첫 단편집 《늪》 출간. 소설로 전향.

1942년(28세) 일제의 탄압이 심해지자 낙향.

1946년(32세) 가족과 월남하여 서울중고등학교 교사로 재직. 〈술 이야기〉 단편 발표.

1948년(34세) 단편 〈목넘이 마을의 개〉 발표.

1949년(35세) 〈곰녀〉 발표.

1950년(36세) 〈곰녀〉를 장편으로 확장해 《별과 같이 살다》 발표.

1953년(39세) 단편 〈소나기〉 발표. 단편집 《기러기》, 《곡예사》 발표.

1955년(41세) 장편 《카인의 후예》로 아시아자유문학상 수상.

1956년(42세) 단편집 《학》 발표.

1957년(43세) 경희대 국문과 조교수로 취임. 예술원 회원으로 뽑힘.

1960년(46세) 장편 《나무들 비탈에 서다》로 예술원상 수상. 이 작품에 반영된 작가의식를 두고 비평가 백철과 대립, 반론을 제기하기 위해 《한국일보》에 〈비평에 앞서 이해를〉 기고.

1962년(48세) 장편 《일월》 연재 시작.

1964년(50세) 《황순원 전집》 간행.

1966년(52세) 장편 〈일월〉로 3·1문화상 수상.

1970년(56세) 국민훈장 동백장 수상.

1980년(66세) 경희대 교수 퇴직 후, 명예교수로 부임.

1983년(69세) 장편 《신들의 주사위》로 대한민국문학상 본상 수상.

1987년(73세) 인촌상 문학부문 수상. 예술원 원로회원으로 추대.

2000년(86세) 영면. 금관문화훈장 추서.

2001년 황순원문학상 제정.

2009년 양평 황순원문학촌 소나기마을 개장.

운율의 즐거움과
'꿈'의 가치

아동문학가
강소천

1. 광기와 폭력을 이기는 순결한 힘

아동문학은 크게 동화와 동시로 나뉜다. 따라서 아동문학 창작자들은 대개 동시인과 동화작가로 나뉘는데, 강소천(姜小泉, 1915~1963)처럼 두 장르를 넘나들어서 어느 쪽 이름을 달기에 어려운 예도 있다. 강소천은 1930년대 초 함흥에서 영생고보 입학을 전후해 동시를 처음 발표한 이래 49세 나이로 타계할 때까지 동시나 동요 같은 운문 양식 240여 편, 동화 140여 편 등을 남기는 등 두 장르에서 양과 질로 고루 뛰어난 활약을 보인 작가다.

강소천은 함경남도 고원군 미둔리 강씨 집성촌에서 나고 자랐다. 그곳에서 할아버지가 세운 교회에 다니면서 일찍부터 책을 가까이 하고 믿음의 세계를 접했다. 고원 읍내에 나와 고원보통학교를 다니고 이어 함흥에서 영생고보를 다니면서는 모국어에 대한 사랑과 남다른 민족의식을 삶과 글쓰기에 담아냈다.

강소천은 1930년대 초부터 동시를 여러 지면에 발표하는 학생문사가 되었는데 누가 봐도 학생 수준을 훌쩍 뛰어넘은 문학 세계를 보여준 시는 스무 살 전후로 보인다. 이때가 영생고보 4,5학년 시절로 이 무렵 한국 동시사의 화제작이자 문제작의 한 편인 〈닭〉이 탄생된다. 영생고보를 다니던 중 일제의 한글말살정책으로 글쓰기에 억압을 느껴 방황하다 외삼촌이 살던 간도 용정에서 머물 때 쓴 시다.

> 물 한 모금 입에 물고
> 하늘 한번 쳐다보고
>
> 또 한 모금 입에 물고
> 구름 한번 쳐다보고

이 동시는 누구나 이해할 수 있는 언어 표현의 단순 진술과 유사 반복을 쉬운 운율로 이으면서 닭이 물을 먹는 모양새를 드러내고 있다. 강소천 자신은 닭이 물 한 모금 마시고 하늘을 쳐다보는 모양에서 고향을 그리워하는 자기 마음을 만난 거라 고백했지만 이 동시의 의미는 사실 의외로 깊다. 이 시는 닭이 물을 마시는 지극히 단순한 움직임을 '동심의 직관'으로 수용해 땅과 하늘의 어우러짐에서 창조된 '우주의 원리'를 말하고 있는 시인 것이다. 시가 창작된 때가 일제 강점기라는 사실까지 고려하면 이는 인간에게 내재된 천연성이야말로 폭력과 광기를 압도하고 남음이 있다는 인간 옹호를 드러낸 예라 할 수 있다.

이 시기 쓴 또 한 편의 동시도 주목할 만하다.

호박꽃을 따서는 무얼 만드나?
무얼 만드나?
우리 애기 조그만 초롱 만들지.
초롱 만들지.

반딧불이를 잡아서 무엇에 쓰나?
무엇에 쓰나?
우리 애기 초롱에 촛불 켜 주지.
촛불 켜 주지.

이 시는 1941년 발간한 첫 동시집의 표제작 〈호박꽃 초롱〉이다. 어린 동생을 아끼는 동심에서 호박꽃의 모양새와 반딧불이의 생태를 아울러 읽어내는 과정으로 자연의 조화로운 세계를 제시했다. 역시 인간의 밑바닥에 자리해 있는 순박한 동심에 대한 신뢰 없이는 표현할 수 없는 세계다.

강소천의 첫 번째 작품집이자 첫 번째 동요시집《호박꽃 초롱》(1941년 2월, 박문서관)에는 이 두 편을 비롯해 총 33편의 동시와 동화〈돌멩이〉연작 1,2편이 실려 있다. 일제 강점기에 발간된 아동문학 운문집은 모두 다섯 권인데 이중에서 1933년에 나온 윤석중 동요시집《잃어버린 댕기》와 1941년의 이《호박꽃 초롱》만이 순수 창작집이다. 산촌마을에서 자연과 벗하며 만물이 생성하는 힘을 느끼고 주일학교에 다니면서 언어와 세계문화를 접하고 익히면서 형성된 남다른 정서와 감각이 보통학교와 고등학교를 다니면서 고취된 역사와 현실에 대한 의식이 더해져 강소천의 수준이 이처럼 높아진 것이라 할 수 있다.

영생고보 시절 선배시인 백석과 맺은 인연도 따로 적어야 할 만큼 각별한 의미가 있다. 백석은 1936년 첫 시집《사슴》을 낸 기성문단의 새별이었다. 용정에서 돌아온 강소천은 그해 영생고 영어교사로 부임한 백석과 사제관계가 된다. 강소천의《호박꽃 초롱》이 발간된 것은 백석이 1938년 서울로 갔다가 간도의 신경(지금의 길림성 성도인 장춘)에 가 있던 때다.《호박꽃 초롱》의 앞머리를 장식하고 있는 백석이 쓴 '《호박꽃 초롱》 서시'이다. 강소천은 뒷날 이 일을 늘 자랑스러워 했다. 이르고 뛰어난 아동문학의 결실에 뒷날 민족의 시인이 된 백석의 서시가 앉혀 있으니 아름다운 사제관계요 문학사의 본보기가 되는 교류관계라 할 만하다. 강소천은 이렇게 그 엄혹한 세월을 견뎌냈다.

2. 동요는 우리들 최초의 문학이다

강소천은 월남 이후 동화계의 거두로 자리잡게 되지만 동시로도 결코 뒤지지 않은 역할을 담당한다. 그런데 여기서 특별한 점이 강소천의 동시가 상당 부분 노래로 불려지는 동요를 표방한다는 사실이다. 강소천은 자신의 동시가 지향하고 있는 동요적 특징을 최대한 장기로 삼았다. 위에서 본 강소천의 대표작 〈닭〉이나 〈호박꽃 초롱〉만 하더라도 모두 말뜻이 쉬우면서도 대비와 대조 등으로 얻는 반복 효과로 운율을 가지게 되면서 쉽게 노래와 만날 수 있었다.

〈닭〉은 4행 전부가 2음보 율격에 4.4조가 각 행 당 1회씩 전개되는 형태이며, 전반 두 행이 후반 두 행과 거의 대칭을 이루는 구조로 되어 있다. 〈호박꽃 초롱〉은 행과 연의 대칭, 문답식 구문, 어휘 반복과 후렴 효과 등의 구조적 특징을 드러낸다. 표피적인 현상 묘사에 그치지 않은 형이상학적 깊이를 내재한 동시임에도 동요로 만들어진 것은 이러한 외형의 단순성과 운율 덕분이라 할 수 있다. 강소천 운문의 동요지향은 이렇듯 어린이들에게 의식과 정신을 심어주는 '즐거운 도구'였다.

동시가 동요가 되면서 얻는 이점은 여러 가지일 테지만, 일단 보다 많은 대중과 쉽게 친숙해진다는 점이 무엇보다 크다 할 수 있다. 덕분에 강소천이라는 이름을 모르는 사람은 있을지 모르지만 우리나라 사람 중에 강소천의 동요를 모르고 자란 사람은 단언컨대 단 한 사람도 없다.

한겨울에 밀짚모자 꼬마 눈사람
눈썹이 우습구나 코도 삐뚤고
— 〈꼬마 눈사람〉에서

태극기가 바람에 펄럭입니다.
하늘 높이 아름답게 펄럭입니다.
— 〈태극기〉에서

금강산 찾아가자 일만이천봉
볼수록 아름답고 신기하구나
— 〈금강산〉에서

스승의 은혜는 하늘같아서
우러러 볼수록 높아만 지네.
— 〈스승의 은혜〉에서

　강소천이 남긴 운문은 동요시라는 이름을 단 것도 많고 그렇지 않더라도 나중에 노래로 불리면서 동요가 된 것이 있는가 하면, 〈스승의 은혜〉처럼 처음부터 노래를 목적으로 지어진 동요도 있다.

　우리는 문학을 아동문학을 통해 먼저 알고 성장했다. 가장 먼저는 동요다. 동요의 노랫말이 곧 우리들 최초의 문학이었다. 우리는 노래를 부르며 문학을 했다. 1960년대 이후 이땅에 살아온 사람들은 누구나 강소천이 노랫말을 쓴 동요를 부르며 자랐다. 그러니 우리에게는 최초의 문학을 강소천 같은 이들에게 배웠다고 할 수 있다.

3. 환상을 통해 교훈을 전하는 이야기

　동화작가로서의 강소천은 더욱 선구적이다. 1937년 〈재봉선생〉에 이어 1939년 〈돌멩이〉 연작 등을 발표하면서 강소천은 동화작가로서도 입지를 다지게 된다. 특히 1940년 《아이 생활》에 연재한 장편동화 《희성이의 두 아들》(뒷날 '진달래와 철쭉'으로 개작)

은 우리 전래동화 '흥부전', 독일 전래동화 '헨젤과 그레텔', 고전소설 '홍길동전' 등에서의 서사 패턴이나 모티브가 적절히 활용되는 실험작이다.

강소천은 함흥을 거쳐 청진에서 교사생활을 하면서 광복 이후의 이북체제를 견뎌내다가 6·25전쟁기 흥남철수 때 극적으로 월남에 성공한다. 이 과정은 영화《국제시장》의 스토리를 그대로 연상케 한다. 거제를 거쳐 부산으로 건너온 강소천은 고원보통학교 때 친구 박창해를 만나면서 문교부의 교과서 편찬에 참여해 안정을 찾게 된다. 박창해를 통해 평생의 동지인 동화작가 최태호와 사귀게 되고 함흥 시절 펜팔 친구였던 소설가 손소희와 손소희의 남편 소설가 김동리와 어울리는 등으로 서서히 문화적 기반을 확보해 갔다. 지면에서 보던 박목월, 황순원 등도 이때 만났다.

강소천은 1952년 전쟁 피란지인 부산에서 첫 동화집《조그만 사진첩》을 낸다. 이후《꽃신》(1953),《진달래와 철쭉》(1953),《꿈을 찍는 사진관》(1954),《종소리》(1956),《무지개》(1957),《인형의 꿈》(1958),《대답 없는 메아리》(1960),《어머니의 초상화》(1963) 등을 포함해 스스로 제9까지 이름을 붙이는 동화집을 연이어 낸다. 한편으로 여러 권의 장편동화를 연재하는 필력을 발휘한다. 한국 동화문학에서 일찍이 보지 못하던 양적 풍성함으로 서사성과 주제성을 담아낸 것이다.

강소천은 전쟁 이후 이땅에 살아남은 사람들의 눈물겨운 생존투쟁을 몸소 보여준 실향민 작가다. 이로부터 강소천의 내면에는 두 가지 의식이 내재된다. 하나는 고향을 잃은 사람으로서의 '고향 그리기'이고 다른 하나는 새로 정착한 땅에 '뿌리박기'이다. 월남 이후 강소천의 문학과 삶은 이 두 가지 의식을 넘나들며 전개되었다.

흔히 강소천의 대표작으로 꼽는 〈꿈을 찍는 사진관〉(1954)은 실향민으로서의 고향 그리기의 새로운 전형을 창출한 동화로 평가된다. 어른인 주인공 '나'의 경험과 진술로 전개되는 이 동화의 줄거리는 이렇다. '나'는 따뜻한 봄날 스케치북과 그림물감을 가지고 뒷동산에 올라갔다가 '꿈을 찍는 사진관'으로 가는 안내판을 발견한다. 그 사진관에 들어간 '나'는 어릴 때 고향 뒷산에서 순이와 함께 할미꽃을 꺾어들고 놀던 꿈을 사진으로 찍는다. 그런데 꿈을 찍은 그 사진은 '나'를 실망하게 하고 만다. 순이는 어린 시절의 모습 그대로인데, '나'는 이미 나이 든 어른의 모습인 것이다. 사진관을 나와 다시 뒷동산에 앉은 '나'가 사진을 꺼냈을 때 그것은 사진이 아니라 동화집 갈피 속에 끼어 있던 노란 민들레꽃 카드였음을 알게 된다.

전쟁 이후 폐허 같은 땅에서 살고 있는 이들이 현실의 고통을 넘어서는 과정은 참으로 지난한 것이 아닐 수 없다. 이때 특히 스스로 자립할 수 없는 어린이들이 고통의 현실을 이겨내는 과정에서 '꿈'이라는 매개는 매우 중요한 도구였다. 바로 그 점에서 〈꿈을 찍는 사진관〉의 '꿈'이 준 환상세계는 그 가치를 인정받는다.

이를 비롯한 강소천의 동화는 동화라는 장르가 다른 서사 장르에 비해 환상성을 매우 중요한 특징으로 삼는다는 점을 선도적으로 보여주었다.

강소천의 문학은 주제로서의 교훈성과 방법으로서의 환상성에 그 특징이 있다 할 수 있다. 이 특징은 한국 아동문학의 중추적인 맥락으로 자리한다. 우리는 이들 동화를 읽으며 삶의 가치를 배웠으며 현실의 암담함을 이겨내곤 했다. 물론 지나친 교훈성이 가치관을 편협하게 하고 방법적인 환상성이 현실에 대한 객관적 판단을 흐르게 할 수 있다는 지적도 있을 수 있다. 그러나 이전까지 한국 아동문학은 그러한 비판을 낳을 수 있는 처지에 이르지도 않았다. 그 점에서 강소천의 문학은 절로 하나의 정전(正傳)의 지위에 올랐다.

강소천의 업적은 창작에 그치지 않는다. 대학에 아동문학 강의를 개설해 열정적으로 강의를 했으며 초등학교에까지 나가 어린이 글쓰기 교육을 직접 담당했다. 아동문학 이론 잡지《아동문학》을 발간해 동료들과 문학의 담론 형성을 주도했으며, 아동전문 출판사인 계몽사의 '소년소녀 세계문학전집' 50권 발간을 기획해 당시 읽을거리가 부족하던 성장기 세대들에게 세계 명작을 공급하는 데 앞장섰다. 산골이나 섬에 있는 어린이들과 도시 아이들이 교류하는 '어깨동무학교' 운동을 주도하고, KBS 라디오의 인기프로그램 '재치문답'에 고정 출연해 대중과의 소통에 앞장서면서 북에 있는 가족들과의 상봉을 꿈꾸기도 했다.

무엇보다 주목해야 할 사실은 우리 사회에서 한번도 존중된 적 없이 어린이들의 인권을 보호하는 '어린이헌장' 제정을 주도한 사실이다. 이 헌장은 1959년 11월 유엔(UN)의 '어린이인권선언 Declaration of Rights of the Child'의 공포보다 2년 6개월 앞서 제정된 것이니 그 선지적인 안목과 실천적인 능력이 어느 정도였나를 짐작할 수 있다. 이같은 일이 1961년 위암 수술을 받고 1963년 어린이날이 지난 5월 6일 간암으로 타계할 때까지 조금도 쉬임 없이 지속된 일이라 생각하면 강소천의 생애는 거의 초인적이었다고 할 수밖에 없다.

한국 아동문학은 일제 강점기의 식민 상태와 6·25전쟁 등으로 폐허가 된 땅에서 싹을 틔우고 분단과 가난의 현실에서 성장한 문학 장르다. 육체의 굶주림이 정신의 빈곤을 낳던 시대에 꿈을 심어주고 미래를 설계해주는 정서와 스토리라는 의미에서 아동문학의 힘은 위대한 것이었다. 강소천은 스스로 삶의 뿌리를 뽑혀버린 실향민으로서 그 근간을 만든 사람이다. 일찍이 소설가 김동리가 말한바 강소천의 문학은 우리에게 각박한 현실을 견디게 하는 '꿈의 궁전'이었다.

강소천 연보

1915년(1세) 9월 16일 함경남도 고원군 수동면 미둔리에서 아버지 강석우와 어머니 허석운의 2남 4녀 중 둘째 아들로 태어남. 본명은 용률(龍律). 소천이라는 이름은 작품을 발표하면서 조금씩 사용하다 나중에 호적에 올림.

1924년(10세) 고원공립보통학교를 다님.

1928년(13세) 4학년 담임선생님에게 돋보이는 작문으로 특별한 칭찬을 받으며 학교생활을 함.

1930년(16세) 《아이생활》에 동시 〈버드나무 열매〉를 발표함. 이 작품이 공식 지면 첫 발표로 확인됨.

1931년(17세) 고원공립보통학교를 졸업하고 함흥의 영생고등보통학교에 입학함. 동시 〈봄이 왔다〉, 〈무궁화에 벌나비〉, 〈길가에 얼음판〉, 〈이 앞집, 저 뒷집〉 등 발표. 이후 매해 여러 편의 동시를 발표함.

1934년(20세) 일제의 한글 탄압이 거세짐. 겨울방학 때 외사촌 누이 허홍순의 안내로 간도의 용정으로 가 외삼촌 집에서 지냄.

1935년(21세) 〈호박꽃 초롱〉 등의 동시를 발표함. 윤석중의 청탁을 받고, 물을 마시고 하늘을 쳐다보는 닭을 보면서 고향 하늘을 그리워하는 동시 〈닭〉을 창작함. 이 시기에 은진중학교에 다니던 윤동주를 만남.

1936년(22세) 용정에서 돌아옴. 4월에 영생고등보통학교 영어 교사로 부임한 시인 백석과 교유함. 이후 백석에게 동요 시집 〈호박꽃 초롱〉(1941)의 '서시'를 받아 실음.

1937년(23세) 영생고등보통학교를 졸업. 이후 광복 때까지 교회의 주일학교 교사로 일하면서 창작 동화와 동극을 실험하고 한글을 연구함. 이 무렵 손소희, 박목월, 황순원 등 여러 문인들과 펜팔로 교유함. 《소년》 창간호에 〈닭〉이 발표됨. 동화 〈재봉 선생〉(동아일보 10.31)을 발표함.

1939년(25세) 1938년 말 여러 신문의 신춘문예에 동화를 투고했는데 낙선함. 동아일보에서 낙선작 〈돌멩이〉를 분재함.

1940년(26세) 매일신보 신춘문예에 동화 〈전등불의 이야기〉 당선. 장편동화 《희성이의 두 아들》을 연재.

1941년(27세) 2월에 동요시집 《호박꽃 초롱》(박문서관)을 출간함.

1945년(31세) 11월부터 고원중학교 교사로 근무함.

1948년(34세) 청진제일고등학교 교사로 근무함.

1949년(35세) 2월에 청진제일고등학교 교사를 그만둠.

1950년(36세) 동시 〈둘이 둘이 마주앉아〉 등을 발표함. 6·25전쟁 발발. 흥남철수 때 배편으로 월남하여 거제에 도착함. 철수 작전에서 기독교인이라는 이유로 먼저 구조되는 극적인 상황을 경험함.

1951년(37세) 거제를 거쳐 부산으로 건너가 문교부(현 교육부) 편수국에 근무하게 됨.

1952년(38세) 월간 《어린이 다이제스트》를 창간하고 주간으로 일함. 9월에 제1동화집 《조그만 사진첩》을 출간.

1953년(39세) 10월 들어 제2동화집 《꽃신》, 제3동화집 《진달래와 철쭉》(장편)을 연이어 출간함.

1954년(40세) 문교부 교과용 도서편찬 심사위원으로 활동함. 6월에 제4동화집《꿈을 찍는 사진관》을 출간함.

1955년(41세) 장편동화《바다여 말해다오》,《해바라기 피는 마을》중편동화〈잃어버린 시계〉등을 연재함.《새벗》주간을 맡음.

1956년(42세) 제5동화집《종소리》를 발간함.

1957년(43세) 5월 5일 강소천의 주도로 제정된 '대한민국 어린이헌장'이 공포됨. 제6동화집《무지개》를 발간함.

1958년(44세) 제7동화집《인형의 꿈》을 발간함.

1960년(46세) 계몽사의《소년소녀 세계문학전집》(1962년 전50권) 기획을 전담함. 제8동화집《대답 없는 메아리》를 출간함.

1961년(47세) 조석기가 운영 책임을 맡은 배영사의 기획위원으로 활동하면서 그림동화집 전5권을 출간함. 이 무렵부터 1963년까지 서울중앙방송국 라디오 프로그램 '퀴즈올림픽'과 이를 이어받아 장수 인기 프로그램이 된 '재치문답' 등에 연이어 고정 출연함.

1962년(48세) 부정기 간행 잡지《아동문학》(주간 최석기, 편집위원 강소천, 김동리, 박목월, 조지훈, 최태호)을 배영사에서 창간함.

1963년(49세) 제9동화집《어머니의 초상화》를 발간함. 5월 6일 간암으로 타계함. 제10동화집《그리운 메아리》가 발간됨.

1964년(1주기) 1주기 추도식과 더불어 동시〈닭〉이 새겨진 강소천 시비 개막식이 열림.《강소천 아동문학전집》(전6권, 배영사)이 출간됨.

1965년(2주기) 소천아동문학상이 제정되어 운영됨. 배영사에서 주관하던 이 상은 계몽사를 거쳐 현재 교학사에서 운영하고 있음.

1975년《소년소녀 강소천 문학전집》(전7권, 신교문화사)이 출간됨.

1978년 신교문화사 판 전집을 바탕으로 한 《강소천 문학전집》(전12권, 문천사)이 출간됨.

1981년 《강소천 문학전집》(전15권, 문음사)이 출간됨.

1985년 국민훈장 대통령 금관문화훈장이 추서됨.

1987년 서울어린이대공원에 강소천문학비가 건립됨.

2006년 국립어린이청소년도서관에 '강소천문고'가 개관됨. 《강소천 아동문학전집》(전10권, 교학사)이 출간됨.

2015년 《강소천 평전》(교학사) 출간.

빛나는 이들의 뒤에서
더욱 빛난 사람

구상

1. '응향'의 인연

― 조국 광복 일주년을 기념해 합동 시집을 한 권 내는 것이 좋
겠습니다.

광복 1주년을 기념하는 합동 시집 발간. 1946년, 이 일을 주관
한 단체는 원산 문학가동맹이었다. 구상(具常, 1919~2004)은 이
단체의 주요 동인이었지만, 사회주의 이데올로기에는 관심이 없
어 은둔해 있던 중이었다. 그래도 취지가 좋아 마땅히 자신의 솜
씨를 빛낼 시를 준비하게 된다. 구상의 "동이 트는 하늘에 / 까마

귀 날아"로 시작되는 〈여명도(黎明圖)〉를 비롯해서 〈길〉, 〈밤〉 등 다섯 편을 앞머리에 놓은 시집 《응향(凝香)》은 그렇게 발간된다. 그리고 그것은 운명처럼, 우리 문학의 문단사에 매우 상징적인 필화사건으로 이어진다. 이 시집이 발간된 후, 북한의 예술단체는 기관지 '문화전선'을 통해 이를 맹렬히 비판하기 시작했고, 그 비판의 대표적인 표적이 바로 구상의 시였던 것이다.

— 이 시들은 퇴폐주의적이고 악마주의적이며 부르주아적이고 반인민적이다!

비판은 글만으로 그치지 않았다. 1947년 초 평양에서 온 검열관들이 자리한 가운데 원산의 영화관 '원산관'에서 《응향》에 대한 대대적인 성토대회가 개최되었다. 바로 그날 구상은 급히 짐을 싸들고 월남을 감행해 버렸다.

한 달 뒤, 서울의 남로당계 문학동맹의 기관지 《문학》에서 구상을 '반인민적 시인'으로 비판하는 '응향 사건'을 대서특필한다. 김동리, 조연현, 곽종원, 임긍재 등이 이에 반론을 펼쳐 나갔다. 구상도 '북조선 문학 여담'이라는 글로 응향 사건의 경위를 밝힌다. 이 일은 남북한이 문학에 대한 관점의 차이를 명료하게 보여준 대표적인 사건으로 기록되고 있다.

뒤이어지는 또 하나의 사건도 알아둘 필요가 있다. 당시 《응향》의 표지를 그린 화가가 바로 원산여자사범학교에서 구상과 함께 교사 생활을 하고 있던 이중섭이었다. 이중섭은 구상이 월남하고 난 뒤 '응향 건'으로 고초를 겪다가, 북진한 유엔군이 후퇴하던 1950년 10월 가족들과 미군 군함을 타고 남쪽으로 갈 수 있었다. 남한에 와서 우여곡절 끝에 연합신문의 문화부장 등 언론사에서 일하고 있던 구상은 이중섭이 남한에 정착해 활동할 수 있게 물심양면으로 도와주게 된다.

2. 함께 하면 좋은 일이 많이 생겨

경북 칠곡에 자리한 구상문학관. 구상 시인의 생존 당시인 2002년 시인의 문학과 생애를 기리기 위해 건립된 이 문학관은 다양한 전시물과 운영 프로그램으로 관객을 만나고 있다. 개관 10주년을 즈음한 2012년 9월, 이 문학관은 특별한 이력 하나를 더 가지게 된다. 한국기록원에서 인증한 '최다 저자 서명본 도서 보유 문학관'이라는 기록이 그것이다. 즉, 책을 낸 저자들이 서명을 해서 증정한 책을 가장 많이 보유한 문학관으로 선정되었다는 얘기다. 그 권수가 6062권. 그 중 일부를 빼고는 모두 구상 시인이 살아생전에 저자들에게 받은 책이다.

1995년 지방자치제 시행 이후 지방 도시에 출향 문인들의 문학관을 짓는 일이 유행처럼 번지고 있지만, '저자 서명본' 보유 숫자를 운운할 수 있는 문학관은 사실 거의 없다고 할 수 있다.

그렇다면 구상문학관은 어떻게 이런 기록을 세울 수 있었을까? 그것은 구상 시인이 지인들에게 그만큼 많은 책을 증정받았고, 또 그것을 잘 간직하고 있다가 문학관 건립 때 기증한 덕분이다. 구상은 이처럼 스스로도 이름 높은 시인이었지만, 이렇듯 주변 사람들을 잘 챙겨주어 그들의 이름이 높이 나는 데 기여한 사람으로도 특별히 기억해야 할 문화인이었다.

　구상은 6·25전쟁 때 국방부의 기관지인 '승리일보'에 전투 상황과 국내외 소식을 보도해 장병들의 사기를 북돋우는 데 앞장섰다. 또 종군작가단의 부단장으로 여러 문인들을 이끌었는데, 이름을 대면 누구나 알 만한 문인들이 이 작가단에 대거 참여했다. 수필가 전숙희는 당시 "많은 장성들과 문인들이 그 키 크고 거룩해 보이는 젊은 시인을 높이 모시는 듯했다."(《영원히 살아 계시는 한국의 시인》)고 증언한다. 참여 문인들은 여러 문화 행사로 국군과 민간인들의 정서를 위무하는 일에 앞장섰다. 그 덕분에 자신들 역시 그 어려운 시대를 물질적, 정신적으로 극복할 수 있었다.

　전쟁 피난지이던 대구는 일찍이 문향으로 이름을 떨친 도시였다. 구상은 승리일보의 제작을 위해 대구에 드나들면서 많은 문화예술인들과 교류했다. 전후에는 영남일보에 주필 겸 편집국장으로 옮겨 앉게 돼 사교의 범위는 더 넓어졌다. 향촌동의 다방 르네상스나 살리, 동성로의 주점 석류나무집 등은 구상이 이들을 만나고 사귀던 예술인들의 명소가 되었다. 이러는 동안 구상과 맺은 뜻깊은 인연을 기억하고 말하는 사람들도 점점 더 많아져 갔다.

우리나라 시조문학사가 기억하는 시조시인 이호우도 구상에게서 평생 잊지 못할 도움을 받은 사람이다. 1949년 초 이호우는 남로당 경북지구 재건책으로 몰려 군사재판에서 사형을 언도받았다. 이때 구상이 적극적인 구명 운동으로 이호우를 구해 낸 것이다. 앞에서 밝혔지만 천재 화가 이중섭을 국내 화단에 알리는 데 결정적인 공헌을 한 사람이 구상이었다.

그 밖에도 '허무의 시인'으로 잘 알려진 공초시인 오상순을 높이 받들어 모셨고, 우리나라 아동문학의 선구자인 마해송에게도 많은 도움을 주었다. '응향 사건'의 검열관의 한 사람으로 나중에 월남한 소설가 김이석의 '좌익 경력'을 함묵하고 감싸주기도 했다. 특히 기인이라 불리는 이들과의 교류는 많은 이들이 혀를 내두를 만했는데, 세칭 '걸레스님'이라 불리는 중광 스님의 기예를 알아보고 함께 작품전까지 열면서 세상에 널리 알린 일이며, 주먹 세계를 휘어잡은 '깡패 시인' 박용주의 후견인 노릇을 한 것이 대표적인 예다.

한참 뒤의 일이지만, 자신이 소장하고 있던 이중섭의 그림을 판 돈 1억 원을 불우한 이웃에게 기부한 일, 장애우들의 문학지 《솟대문학》 후원금으로 2억 원을 내놓은 일 등도 구상의 이름을 특별하게 기억하게 한다. 사형수들의 후견사업을 해온 삼중 스님을 도와 어느 사형수를 양아들로 삼은 일도 두고두고 화제가 되고 있다. 그 사형수는 구상의 도움으로 무기형으로 감형되었다가 이어 15년 만에 석방되었다. 이런 일 때문에 구상을 '아버지'라 부르며 따르는 사람들이 많이 생겨났다.

3. 세태의 유혹을 넘어

구상의 외가는 독실한 천주교 집안으로 아버지도 어머니와 결혼하면서 천주교인이 되었다. 구상은 아버지가 쉰, 어머니가 마흔넷의 나이인 1919년 태어난 늦둥이였다. 본명이 구상준(具常俊)이었는데 집에서 돌림자인 '준'을 떼고 불러 이름이 '구상'으로 굳어졌다고 한다. 출생지가 서울 이화동인데, 아버지가 함경도에서 선교를 겸한 교육사업을 하게 되면서 네 살 때부터 원산에서 살게 되었다. 신부가 된 형은, 해방 후 북한 땅에서 포교활동을 하다 1949년 숙청돼 처형된 것으로 알려졌다.

구상 자신도 처음에는 신부가 되려고 열다섯에 원산의 베네딕도 수도원 신학교에 들어갔다. 그러나 적응을 못해 3년 만에 환속을 하고 일반 중학으로 진학했다가 그마저도 퇴학을 당하고 말았다. 이후 고향을 떠나 막노동을 하면서 지내기도 하고, 야학당에서 아이들을 가르치기도 했다. 당시 지식인에게는 유일한 탈출

구라 할 수 있는 곳이 일본이었다. 구상도 밀항으로 무작정 동경으로 건너갔다. 몇 달 동안 생활비를 벌기 위해 일급 노동자, 연필공장 직공으로 지내다 몇 달 뒤 선배의 권유로 대학에 발을 들이밀게 된다. 일본대학 종교과와 명치대학 문예과에 시험을 쳐 모두 합격하였는데, 구상은 그 중에 종교과를 선택한다.

구상의 인생에서 빼놓을 수 없는 두 가지 정신이 바로 문학과 종교다. 구상은 삶에서 얻은 생각과 깨달음을 문학으로 옮겨갔고, 그 속에 또한 신을 향한 질문과 기도를 담았으며, 스스로의 삶을 다시 신 앞에서 성찰했다. 필화 사건에 시달리고, 전쟁에 종군하고, 많은 사람들과 교유하기를 즐긴 구상이었지만 그의 삶이 세속으로 향하지 않고 그의 문학이 세태를 직접 반영하지 않은 것이 모두 이와 같은 정신세계 덕분이라 할 수 있다.

그의 대표작의 한 편인 다음 시에는 남을 생각하지 않고 자신의 욕망과 편리에만 관심이 많은 사람들의 일반적인 세태에서 물러나 자신의 내면을 신 앞에 드러낸 구상의 심성이 잘 드러나 있다.

저들은 저들이 하는 바를
모르고 있습니다.

이들도 이들이 하는 바를
모르고 있습니다.

이 눈 먼 싸움에서
우리를 건져 주소서.

두 이레 강아지 눈만큼이라도
마음의 눈을 뜨게 하소서.
— 구상, 〈기도〉 전문

　구상은 종군작가의 맨 앞자리에 있었지만, 당면한 현실 문제를
직접 문학에 드러내지 않았다. 유치환의 〈보병과 더불어〉나 조지
훈의 〈역사 앞에서〉 같은 전쟁애국시 같은 것을 그는 지어내지
못했다. 6·25전쟁과 관련한 문제작 《초토의 시》를 발표해 한 권
의 장시집으로 묶은 것이 1956년인 것만 봐도 "현실을 초자연적
인 것의 투영으로 또는 영원 속의 오늘로 인식"(구상, 〈에토스적 시
와 삶〉)하는 성향을 잘 알 수 있다.
　응향 사건으로 월남한 구상은 남한에서 언론 활동을 하면서 많
은 사람을 도우며 살았지만, 현실에서의 삶은 그리 순탄한 편이
아니었다. 그는 우선 치명적인 폐결핵을 앓고 있었다. 결국 한쪽
폐를 들어내고 한쪽만 가지고 살아야 했다. 1987년 둘째 아들
구성을 폐결핵으로, 1997년 큰아들 구홍을 폐렴으로 각각 먼저
여의는 비극도 안아야 했다. 또 영남일보에 있을 때 이승만 독재
정권을 비판하는 칼럼을 쓴 것이 문제가 되어 이적죄로 체포돼

15년 징역을 살 뻔한 위기를 겪기도 했다.

세상은 이런 난관을 주는 한편으로 새로운 기회를 제공해 주기도 했다. 반려자 서영옥 여사는 구상의 결핵을 치료하던 의사로서로 운명적인 사랑을 시작한 사이였다. 구상은 종군작가단 시절 당시 육군에 근무하던 박정희 전 대통령을 만나 인연을 쌓았는데, 이 일이 또한 그에게 많은 기회를 안겨주기도 했다. 5·16쿠데타 후 박정희 정권이 반공, 반독재 투쟁의 전력이 화려한 문필가 구상을 모시려고 애를 쓴 것은 당연한 수순이라 할 수 있었다. 그러나 그는 그 유혹을 끝내 뿌리쳤다. 그가 박정희 전 대통령을 만날 때면 '각하'나 '대통령'으로 호칭하지 않고 반드시 '박 첨지'라 불렀다는 일화는 지금도 재미있게 회자되고 있다. 첨지는 무관 벼슬아치를 이르는 말이다.

그가 택한 직업은 교수였다. 그는 1960년대 초까지 언론사에 있었지만 그 이전부터 서서히 삶의 중심을 대학으로 옮겨갔다. 1950년대 초 대구에서 효성여대 교수로 지낸 것을 시작으로, 1960년대 서강대 강사를 지내고, 1970초와 1980년대 초에 한 차례씩 하와이대학교 극동어문학과에서 교수 생활을 했으며, 1970년대 후반부터는 중앙대 문예창작과에서 20여 년간 재임했다. 신문사나 문단에서 만난 무수한 문화예술인들, 기인들, 서민들에 이어 또한 많은 제자들이 아버지로, "백부 같은 스승"(시인 오정국)으로 그를 모시고 따랐음은 말할 것도 없다.

해방 후 북한에서 신부로 있던 형이 투옥되었을 때 함께 일하던 독일인 신부들이 출국했다가 다시 한국에 와서 경북 칠곡군 왜관읍에 성 베네딕도 수도원을 지었다. 구상은 1953년에 이곳 왜관에 집을 지어 1974년까지 살았다. 그 집 이름을 '관수재(觀水齋)'라 했다. 아내 서영옥 여사가 병원을 개업한 곳도 왜관이었다. 수도원의 한국 진출 60주년을 기념한 전시회 때 구상은 독일인 신부들이 가져온 전시물 중에 어머니와 외숙모, 사촌들의 모습이 담긴 사진을 발견하기도 했다.

그곳에 구상문학관이 지어진 것은 그만큼 당연하다고 할 수 있다. 2004년 폐질환과 교통사고 후유증으로 타계하기 전 이미 구상 시인은 자신의 모든 것을 문학관에 기증했다. 그가 남긴 천여 편의 시는 이렇게 우리에게 남게 된 동안 이탈리아, 일본, 프랑스, 스웨덴, 독일, 영국 등으로 번역돼 세계에 알려졌다. 그는 어쩌면 우리가 아는 것보다 더 위대한 시인인지도 모른다.

구상 연보

1919년(1세) 9월 16일, 서울 이화동에서 궁내부 주사이던 아버지 구종진과 어머니 이정자 사이에서 출생, 본명 구상준(具常俊).

1923년(5세) 함경남도 문천군 덕원군 어운리로 낙향.

1933년(15세) 가톨릭 신부가 되기 위해 성 베네딕도 수도원 신학교에 입학.

1935년(17세) 환속 후 일반 중학교에 진학했으나 퇴학.

1936년(18세) 동경으로 건너감. 막노동으로 생활비 충당. 일본대학 종교과 입학.

1939년(21세) 이중섭과 조우.

1941년(23세) 일본대학 전문부 종교과 졸업하고 귀국.

1942년(24세)~1945년(27세) 북선매일신문 편집국 기자.

1945년(27세) 결핵을 치료해 주던 의사 서영옥과 결혼.

1946년(28세) 원산여자사범학교 교사 재직. 광복 1주년 기념 사화집 《응향》에 〈길〉, 〈여명도〉, 〈밤〉을 발표.

1947년(29세) '응향'이 문제가 되어 비판 대상이 되자 월남.《해동공론》에 〈북조선 문학 여담〉 발표하며 '응향' 사건 경위를 알림.《백민》에 시 〈발길에 채운 돌멩이와 어리석은 사나이와〉 발표하며 중앙 문단에서 활동을 시작함.

1948년(30세)~1950년(42세) 연합신문 편집국 문화부장.

1950년(42세)~1953년(45세) 국방부 기관지 승리일보사 주간.

1950년(42세) 한국전쟁 발발하자 대구로 피난. 정훈국으로 옮김.

1952년(44세)~1956년(48세) 효성여자대학 국문학과 부교수.

1953년(45세) 왜관으로 이사. 2년 뒤 경북 칠곡군 왜관읍 왜관동 789번지로 본적 이전 등기.

1953년(45세)~1957년(49세) 영남일보 주필, 편집국장.

1955년(47세) 금성화랑 무공훈장.

1956년(48세)~1958년(50세) 서울대학교 문리과 대학 강사.

1957년(49세) 서울시 문화상 수상

1959년(50세) 문학에 집념하기 위해 모든 사회 직책을 가지지 않기로 다짐.

1960년(52세)~1961년(53세) 서강대학교 국문과 전임강사.

1961년(53세)~1965년(57세) 경향신문 논설위원 겸 동경지국장.

1970년(62세) 국민훈장 동백장.

1970년(62세)~1974년(66세) 미국 하와이대학교 극동어문학과 조교수.

1973년(65세)~1975년(67세) 가톨릭대학 신학부 대학원 강사.

1974년(66세) 서울로 이사.

1976년(68세)~1996년(88세) 중앙대학교 문예창작과 교수.

1979년(71세)~2004년(96세) 대한민국 예술원 회원.

1980년(72세) 대한민국 문학상 본상. 국방부 정신교육 지도위원.

1982년(74세)~1983년(75세) 하와이대학교 부교수.

1985년(77세)~1986년(78세) 하와이대학교 부설 동서문화연구소 예우작가.

1986년(78세) 제2차 아세아시인회의 서울대회장.

1991년(83세) 세계시인대회 명예대회장.

1991년(83세)~2004년(96세) 국제 펜클럽 한국본부 고문.

1993년(85세) 제5차 아세아시인회의 서울대회장. 대한민국 예술원상.

1997년(89세) 중앙대학교 예술대학원 객원교수.

2001년(93세)~2004년(96세) 한국 문인협회 고문.

2002년(94세) 경북 칠곡군 왜관읍 구상길에 구상시문학관 건립.

2004년(96세) 타계. 금관문화훈장 서훈.

세속의 삶 속에서
삶을 통찰하게 하는 이야기의 힘

소설가
박완서

1. 역사의 작가, 삶의 작가

박완서(1931~2011)는 1970년 나이 마흔에 등단해 2011년 만 80세로 타계할 때까지 거의 매년 소설책을 낼 정도로 왕성한 필력을 보인 작가다. 장편, 단편에 콩트, 산문, 동화까지, 발표하고 발간하는 작품마다 독자 대중의 사랑을 받았고, 또 그 못지않게 고평을 받았다. 대중의 사랑을 받는 장편을 연이어 연재하고 베스트셀러 목록에 빠짐없이 오르고도 통속소설가로 몰린 적이 없으며, 또한 문학성에서 높은 평가를 받으면서도 많은 양질의 문학작품이 교과서에는 살아남아도 독자로부터는 괴리되는 현상과는 달리 꾸준히 독자의 사랑을 받아왔다. 6·25전쟁이나 분단과 관련한 중후한 주제도, 1960~70년대 급진적인 도시화 과정에서 나타난 물질주의 세태에 대해서도, 또한 그러한 문제를 자각하는 여성 주체라는 인식적 문제도, 21세기 접어들면서 사회 문제로 부각된 노인 문제도 때로는 수다스럽게 느껴질 만한 그의 이야기 솜씨에 녹아들었다. 독자들은 그 수다스러운 말의 매력에 빠져 그로부터 그 배면의 주제에 대해 깊이 인식하는 지적 체험을 할 수 있었다.

양과 질의 면에서 누구보다 풍성한 작가인 박완서를 몇 마디로 줄여 말하기는 쉽지 않지만 두 가지 면에서는 확실히 말할 수 있다. 그는 우선, 20, 21세기에 걸친 한국사회를 사람들이 살아가는 구체적 일상의 현실로 재현해 그 자잘한 삶의 사연과 극적 스토리로 재미를 느끼게 하고 사회의 다양한 이면을 들춰보게 했다. 또한 그러면서도 그것을 쓰고 있는 자신의 체험적, 특히 여성으로서의 자의식적 인식을 뚜렷이 함으로써 가부장 시대의 역사와 사회, 나아가 가족제도나 성차적 인식 등에 대한 성찰을 가능하게 했다. 박완서는 적어도 이 두 가지 면에서는 한국소설사에서 뚜렷한 족적을 남긴 작가의 맨 윗자리에 자리한다고 할 수 있다.

2. 남 일 내 일을 실제와 거짓으로 섞어

한 사람이 작가가 되는 데는 여러 이유가 있을 것이다. 그 경로도 작가마다 다를 것이고, 따라서 사연도 제각각일 것이다. 모두가 아는 뒷얘기가 되었지만, 박완서에게 생전 써보지 않은 소설을 쓰게 된 한 계기는 화가 박수근(1914~1965)으로부터 마련되었다. 박수근은 이북 지역인 강원도 양구에서 월남해 부두 노동자로 미군 PX 초상화부 화가로 근무하는 등 거의 평생을 힘겹게 살면서 서민들의 삶을 거칠고도 소박한 화폭에 담아냈다. 말년에 국전 추천작가가 되고 사후에는 세계 경매시장에서 한국 화가 중 가장 높은 경매가를 기록하고 있는 국민화가로 기록되고 있지만, 그 삶은 마치 그의 그림 속 척박한 환경에서 묵묵히 살아가는 인물들처럼 외롭고 우울했다.

박완서는 1950년 서울대 국문과에 입학했다. 당시 6월 입학식에 오래지 않아 6·25를 당하면서 학교생활을 제대로 시작할 수 없었다. 고향에서 네 살 때 아버지를 여의고, 전쟁중에는 아버지처럼 믿고 따른 오빠를 잃고 어머니와 올케와 조카들을 부양할 책무를 떠안은 박완서는 환도 후의 서울에서 용케 미군 PX의 초상화부 일을 맡아 하게 된다. 미군들을 호객해 일감을 따와 소속화가들에게 넘겨주는 역할이었다. 풍족하다 할 수 없었으나 제법

권력을 행사하며 돈을 버는 직급이었다. 박완서는 "그들이 초상화를 그리는 책상 사이를 뒷짐 지고 왔다 갔다 하면서" "안하무인의 버르장머리 없는 말씨로 그들의 그림솜씨를 타박준" 기억을 부끄럽게 기억하고 있다. 이 무렵 "덩치만 크고 어수룩하기 짝이 없는 화가가 두꺼운 화집을 한 권 끼고" 온 '박씨'라는 화가를 마주하게 된다. 그가 굳이 보라고 내미는 화집을 '꼴값뜬다'고 생각하며 심드렁하게 여긴 박완서는 그러나 "시골 여자 둘이 절구질을 하고 있는 그림"을 보고 나서 크게 놀란다. 이때의 심경을 그는 다음과 같이 적고 있다.

> 나는 내가 마구 구박하던 간판장이들 중에 정말 화가가 한 사람 섞여 있었다는 데 경악했고, 나의 갈 데까지 간 버르장머리 없음에 처음으로 수치심을 느꼈다. ─〈나에게 소설은 무엇인가〉

박수근이 초상화부 화가로 있다는 걸 알고부터 박완서는 그들 화가를 대하는 태도를 달리했다. 박수근과는 동병상련의 느낌으로 가끔 차도 한 잔 나누며 위안을 나누기도 했다. 두 사람의 특별한 인연은 대체로 이런 정도에서 끝난다. 뒷날 유작전에 가서야 박수근의 그림이 사후에 가격이 폭등해 있다는 사실을 알게 된 박완서는 비로소 박수근의 생애에 대해 글을 쓰리라는 생각을 하게 된다. 마침 월간종합잡지 신동아의 논픽션 공모전이 세인의 관심을 모을 때였다.

　논픽션 '박수근의 생애'는 생각만큼 진전이 없었고, 대신 그 과정에서 그의 생애 못지않게 '내 생애'도 드러내고 싶어졌고, 게다가 자신의 생애를 좀더 '거짓말로 드러내고 싶은 욕구'까지 치솟았다. 논픽션 공모전은 끝이 났고 목표는 두 달 뒤가 마감인 여성동아 장편소설 공모전으로 수정되었다. 박완서의 6·25전쟁기 미군 PX 초상화부 취업 체험에 화가 박수근과의 인연이 한 축으로 녹아든 장편소설 《나목(裸木)》은 그렇게 탄생되었다. 4녀 1남을 둔 평범한 불혹의 가정주부의 당선이라는 화제가 크기는 했지만 이 《나목》은 박완서라는 거대한 문학산맥의 작은 시발점에 불과했다고 할 수 있다. 그러나 되새겨보면, 그 작은 시발점에서 몇 가지 시사점이 또렷이 확인된다.

　우선 장르적으로 논픽션을 목표로 한 데서 픽션으로의 진로 변경이며 그 픽션이 또한 장편소설이었다는 것, 게다가 작가 스스로 속되게 말하지만 '거짓말하는 데서 신명을 얻어' 쓸 수 있었다는 것, 또한 남의 이야기이자 결국 내 이야기로의 심화, 확산되었고 그것이 6·25전쟁기 체험과 깊은 관련을 맺는다는 것 등등이 바로 그 시사점이라 할 수 있다. 즉, 박완서 문학은 그 자신이 즐겨 쓰는 속된 표현을 빌려와 말하면 '내 일 남 일을 실제와 거짓을 섞어 길고 다채롭게 늘어놓은 이야기'라 할 수 있겠다. 이 이야기의 빼놓을 수 없는 주제이자 소재가 6·25전쟁기 체험이라는 것도 또한 기억해야 할 내용이다.

3. 분단과 산업화 그늘에 대한 주체적 자각

등단 이후 박완서 앞에는 두 가지 길이 놓인다. 1970년대 한국은 정치적으로 분단이 고착화되고 사회적으로 도시화가 심화되어 갔다. 박완서는 한편으로 날이 갈수록 또렷해지는 6·25전쟁의 상흔을 드러내고, 다른 한편에서는 자본주의적 욕망을 부채질하는 도시사회의 이면을 조명하기 시작했다. 전자가 어제 받은 상처로 오늘날까지 치유되지 않은 채 남아 있는 아픔에 관한 것이라면, 후자는 지금 살고 있는 현실에서 부지불식간에 심화되고 있는 고통에 관한 것이라 할 수 있다. 장편소설《그해 겨울은 따뜻했네》(1983)를 비롯해 출세작이라 할 수 있는 〈엄마의 말뚝〉(1980) 연작은 전자를 대표하는 소설이라 할 수 있고, 초기 평판작 〈지렁이 울음소리〉(1973)를 비롯해 장편 《휘청거리는 오후》등이 후자를 대표하는 소설이라 할 수 있다.

박완서의 문학은 이후 줄곧 이 둘이 각각으로 또는 서로 삼투하면서 또는 앞서거니 뒤서거니 하면서 전개되었다. 1980년 〈엄마의 말뚝〉 연작에서 재현된 6·25전쟁기의 가족사의 비극이 1990년대 들어 장편 《그 많던 싱아는 누가 다 먹었을까》(1992),

《그 산이 정말 거기에 있었을까》(1995)에서 더욱 세세해지고 심화되는가 하면, 1977년 《휘청거리는 오후》에서 중산층 소시민의 물질주의적 욕망에 대한 고발은 1979년 성차적 억압을 비판한 《살아 있는 날들의 시작》을 거쳐 1989년 《그대 아직도 꿈꾸고 있는가》에서 자본주의 체제에 결탁된 남성 권력에 대한 비판으로 이어진다. 이러한 양자의 적절한 배합은 박완서 문학을 1990년대 한국문학에서 유행처럼 번진 페미니즘 문학론의 현장에서도 가장 당당한 텍스트로 자리잡게 했다.

박완서 문학은 사실 놀랍게도 우리 사회에 페미니즘이라는 용어가 유포되기 전부터 충분히 '페미니즘적'이었다. 가령 1977년 발표된 단편 〈그 살벌했던 날의 할미꽃〉에는 6·25전쟁기 남성의 폭력적 욕망을 늙은 여성의 몸으로 감싸안은 두 개의 에피소드로써 전쟁으로 파멸된 인간성을 치유하는 여성성의 위대함이 그려져 있다. 여성의 주체적 삶 인식에 대해 자의식이 분명하지 않았던 동시대 소설에 비해 박완서 소설은 참으로 특별했다. 이 점에 대해 박완서는 한 문학강연에서 이렇게 설명한 적이 있다.

"결혼을 하고 친정에 가야 할 일이 생겨서 시어머니께 말씀드리는데 내가 미안한 감정을 가지게 되더라구요. 내가 내 집에 다녀오는데 어째서 허락을 받아야 하고 어째서 미안해 해야 하는가, 라는 생각을 하게 됐어요. 내가 이런 데 대해 남보다 유난히 자각하게 된 것은 내 어머니한테 받은 교육 덕분이라고 생각해요. 어머니는 오빠와 나를 차별해서 대한 적이 없었어요."

어린 박완서가 개풍의 박적골에서 개성을 거쳐 서울로 입성하는 과정은 이미 〈엄마의 말뚝〉 연작으로 잘 알려져 있다. 그 어머니는 딸을 "공부를 많이 해서 이 세상 이치에 대해 모르는 게 없고 마음 먹은 건 뭐든지 마음대로 할 수 있는" 신여성으로 만들려 했다. 어머니는 오빠에 이어 박완서를 서울로 데리고 가서 서대문 밖 현저동에 둥지를 틀었다. 재력이 부족해 사대문 안에 살지는 못했지만 딸의 학교만큼은 사대문 안에 있는 매동초등학교에 입학시켰다. 이후 어머니와 오빠, 오빠의 식구들과 함께 6·25를 겪은 사연은 자전성이 강한 여러 편의 소설에 담겨 독자의 심금을 울린다.

그 어머니는 어린 시절 자신이 아는 고전설화, 동화, 명작을 딸에게 들려주었다. 익히 아는 이야기의 결말도 적당히 반전시키는 재주까지 발휘해 어린 딸을 이야기 세계의 재미에 푹 빠지게 만들었다. 박완서는 이야기 속에서 자랐고, 6·25로 가족의 참극을 비롯해 무수한 비극을 접하면서도 인간으로서의 자긍심을 지키며 성장했다. 이 점에서 어머니는 박완서 문학의 소재와 주제의 원천이었다고 할 수 있다.

한편에서 6·25전쟁의 상처와 분단의 후유증을 들여다보고 한편에서 한국 근대화 시기의 중산층의 욕망을 해부하는 박완서 문학은 때로 페미니즘에 대한 통찰과 만나 한국문학을 한 겹 두텁게 했다. 한국 자본주의의 외형적 팽창과 더불어 경험하는 후기 산업사회는 우리에게 고령화사회라는 새로운 화두를 제시했다. 박완서 문학은 작가의 실제적 노년 진입과 더불어 고형화사회에 나타나는 노인의 삶과 죽음 문제를 성찰하는 단계로 나아간다.

단편집《너무도 쓸쓸한 당신》(2000)은 새로운 세기로 전환되는 시기에 한국사회의 새로운 병치레가 될 노인문제를 다룬 가장 선구적인 작품들로 채워져 있다. 박완서는 이 지점에서 여성과 남성을 이분법적으로 이해하는 시선을 넘어 산업화의 주역으로 표면의 역사를 장악해온 남성에게 드리운 짙은 소외감을 받아들인다. 이런 원숙한 세계는 말년의 베스트셀러 단편집《친절한 복희씨》(2007)의 해학 넘치는 세태담으로 이어져 다시금 독자를 의미 있는 독서로 이끌었다. 한 작가가 이렇게 집요하게 사회의 변동 또는 그 삶과 더불어 할 수 있는 것일까. 박완서는 생애와 문학으로 우리에게 삶 속에서 그 삶을 깊이 통찰할 것을 가르친다.

박완서 연보

1931년(1세) 10월 20일, 경기도 개풍 출생.

1934년(4세) 아버지를 여읨. 어머니와 떨어져 할아버지 밑에서 자람.

1938년(8세) 어머니를 따라 서울 상경. 매동국민학교 입학.

1944년(14세) 숙명고등여학교에 입학. 학제가 4년제 여고에서 6년제 여중으로 개편.

1948년(18세) 5학년 담임이자 소설가인 박노갑 밑에서 공부. 소설을 접하며 문학인의 꿈을 가지게 됨.

1950년(20세) 서울대학교 국문과에 입학. 6·25전쟁 발발로 중퇴.

1951년(21세) 가족의 생계를 책임지기 위해 미8군 초상화부에 취직. 화가 박수근과 조우. 이때의 경험이 뒷날 등단작 《나목(裸木)》의 중심 소재가 됨.

1953년(23세) 호영진과 결혼. 가정 일에 문학과 멀어짐.

1970년(40세) 《여성동아》에 장편소설 〈나목〉이 당선되어 등단.

1972년(42세) 《여성동아》에 장편소설 〈한발기〉 연재.

1973년(43세) 《현대문학》에 〈부처님 근처〉 발표. 《신동아》에 〈지렁이 울음소리〉 발표.

1974년(44세) 《월간문학》에 〈연인들〉 발표.

1975년(45세) 《한국문학》에 〈카메라 워커〉 발표.

1976년(46세) 창작집 《부끄러움을 가르칩니다》 발표.

1977년(47세) 장편 《휘청거리는 오후》 상, 하 출간. 수필집 《꼴찌에게 보내는 갈채》 출간.

1978년(48세) 장편 《배반의 여름》 출간. 산문집 《여자와 남자가 있는 풍경》 발표.

1979년(49세) 《샘터》에 동화 〈달걀은 달걀로 갚으렴〉, 〈마지막 임금님〉 발표.

1980년(50세) 《문학사상》에 〈엄마의 말뚝〉 1,2편 연재. 〈그 가을의 사흘 동안〉으로 제7회 한국문학작가상 수상.

1981년(51세) 《엄마의 말뚝 2》로 제5회 이상문학상 수상.

1982년(52세) 《한국일보》에 〈그해 겨울은 따뜻했네〉 연재. 《현대문학》에 〈소설 이전에 주제가 있었다〉 연재. 단편집 《엄마의 말뚝》 출간. 장편 《오만과 몽상》 출간.

1988년(58세) 남편, 아들과 사별. 가톨릭에 귀의함.

1989년(59세) 《여성신문》에 〈그대 아직도 꿈꾸고 있는가〉 연재.

1990년(60세) 대한민국문학상 수상.

1991년(61세) 장편 《미망》으로 제3회 이산문학상 수상.

1992년(62세) 장편 《그 많던 싱아는 누가 다 먹었을까》 발표.

1993년(63세) 중편 〈꿈꾸는 인큐베이터〉로 제38회 현대문학상과 중앙문화대상 수상.

1994년(64세) 중편 〈나의 가장 나종 지니인 것〉으로 제25회 동인문학상 수상.

1996년(66세) 개화기 개성을 배경으로 한 장편 《미망》 상, 하 출간.

1997년(67세) 장편 《그 산이 정말 거기 있었을까》로 제5회 대산문학상 수상.

1998년(68세) 보관문화훈장 수여.

1999년(69세) 단편집 《너무도 쓸쓸한 당신》으로 제14회 만해문학상 수상.

2001년(71세) 단편 〈그리움을 위하여〉로 제1회 황순원문학상 수상.

2004년(74세) 장편 《그 남자네 집》 출간.

2006년(76세) 제16회 호암예술상 수상. 서울대학교 명예 문학박사 학위 수여.

2011년(81세) 1월 22일, 담낭암으로 사망.

3부

인간의 길에 서라!

의료선교사 _ 셔우드 홀

국어학자 _ 이희승

생물학자 _ 석주명

군인 _ 이인호

지식과 재능을
가난한 이들에게 바친 흔적

의료선교사
셔우드 홀

1. 이땅의 슈바이처들

　가끔, 소외된 사람들의 병을 치료하는 데 자기가 가진 능력과 재산을 모두 바치는 인물을 만나곤 한다. 가령 우리가 어릴 적부터 위인전기 등으로 잘 알아온 알베르트 슈바이처(Albert Schweitzer, 1875~1965) 같은 이가 그런 분이다. 슈바이처는 독일계 프랑스인으로 일찍이 적도 아프리카(현 가봉)의 강변마을 랑바레네에서 평생을 살면서 헐벗은 이들에게 의술을 베풀었다. 1952년, 다른 물질적 대가를 바라지 않고 희생과 봉사를 실천한 이분의 업적에 대해 인류사회는 노벨평화상으로 보답했다. 보통 척박한 땅에서 가난한 이웃을 위해 자신이 가진 모든 것을 바친 의사에게 '제2의 슈바이처'라는 칭호를 붙이는 건 이런 연유다.

우리에게도 '제2의 슈바이처'라 부를 만한 분들이 꽤 있다. 6·25전쟁 직후 피난지 부산에서 복음병원을 차려 행려병자를 치료해준 장기려 박사(1911~1995), 오랜 전쟁의 후유증과 물 부족, 영양 부족으로 고난을 겪는 아프리카 남수단에서 의료선교 활동을 하다 암으로 세상을 떠난 이태석 신부(1962~2010), 서울의 빈민촌에서 극빈자를 위한 무료자선병원을 열어 20여 년째 봉사중인 신완식 원장(1950~) 등은 이미 나온 다큐멘터리 프로그램이나 전기류 같은 걸로는 보답이 안 되는 분들인 거다.

— 어떻게 사는 것이 참답게 사는 길인가!

각박한 세상에 남을 도우는 일에 자신이 가진 모든 것을 쏟아붓는 모습이야말로 눈앞의 편익을 좇느라 심신이 피로한 이들에게는 청신한 '얼잡이'가 되지 않을 수 없다. 오늘, 슈바이처와 비슷한 시기를 산 서양인으로 척박하기 이를데없는 한반도에서 헐벗고 굶주려 쉽게 질병에 노출되는 한국인들을 위해 삶을 바친 셔우드 홀(Sherwood Hall, 1893~1991)의 행적을 함께 더듬으며, 우리 자신의 얼을 매만져보자.

2. 눈앞에 병든 자를 외면하지 않고

셔우드 홀의 어머니 로제타 셔우드 홀(Rosetta Sherwood Hall, 1865~1951)은 남편과 함께 의료선교로 생애를 다한 분이다. 한국에서 44년간 살면서 최초의 여성치료원 광혜여원, 경성여성의학전문학교 등을 세운 분이니 실은 이분 또한 슈바이처 반열에 놓아야 옳다. 셔우드 홀은 그런 부모 밑에서 서울에서 태어났다.

셔우드 홀은 어린 시절, 1900년 개교한 평양외국인학교에 다니면서 캐나다에 가서 살 궁리를 했다. 그런데, 평양에 들어와 있던 선교사들을 많이 접하면서 이 세상에서 값지게 사는 일이 무엇인가 깨달아 갔다. 선교사 R.A.하디의 설교는 어린 셔우드 홀의 마음을 흔들어 놓았다.

"굶주리고 병든 자들이 눈앞에 있다. 이들을 외면하고서야 신의 아들이라 할 수 있는가?"

당시 한국인들에게 가장 무서운 질병이 두 가지였다. 이북 쪽은 폐결핵이었고, 이남 쪽은 나병이었다. 셔우드 홀은 폐결핵으로 죽어가는 한국인들을 외면할 수 없었다. 그의 꿈은 어느새 어머니처럼 의료선교사가 되어 죽어가는 한국인들을 폐결핵에서 구해내는 일로 바뀌어져 있었다. 캐나다로 건너가 결핵전문의가 된 그는 다시 일제 치하의 식민지 조선으로 돌아왔다. 황해도 해주에 최초의 결핵요양소(1928)를 세우고 '결핵환자의 위생학교'라 이름 붙인 이도 그였다. 이후 결핵 퇴치에 앞장선 그의 업적은 그의 부모 특히 어머니의 업적과 더불어 우리나라의 의료 역사상 길이 남아 있다.

그가 결핵 퇴치를 위해 자금을 모으는 과정에서 한 일 중 하나는 우리나라 문화사에 아주 흥미로운 스토리를 제공한다. 그는 결핵이 얼마나 무서운 병인가를 알리고 이를 치료하기 위해 돈을 마련하려는 목적으로 우리나라에서는 처음으로 크리스마스 실(Christmas seal)을 만들어 보급했다. 첫 크리스마스 실의 그림이 남대문이었다. 또한 원산에 살던 청각장애아 운보 김기창이 이 시기 크리스마스 실 그림을 그려 가난을 해소했다는 일화도 남아 있다.

일제는 이땅 사람들의 많은 것을 강탈했을 뿐 아니라 이들을 위해 애쓴 외국인들에게도 총부리를 들이댔다. 물심양면으로 조선을 돕던 외국인 선교사들을 이땅에서 몰아내려 다각적인 혐의를 씌우던 일제는 셔우드 홀도 빼놓지 않았다. 1940년 스파이 혐의로 체포돼 징역 3년 또는 벌금 5천 엔을 언도받은 셔우드 홀은 결국 벌금을 물고서야 풀려났고 결국 추방되고 말았다. 그후 1963년까지 인도에서 의료선교를 하던 셔우드 홀은 은퇴한 뒤 캐나다의 밴쿠버에서 살면서 자신이 조선에서 겪은 일을 《조선회상》이라는 책으로 남겼다. 그가 사망한 것은 1991년 4월이었고, 그 이듬해 아버지가 묻힌 서울의 양화진 외인묘지로 이장돼 이땅의 사람들과 영원히 혼을 함께 하고 있다.

3. '화진포의 성'으로 남은 얼

DMZ의 최동북단 지역을 점하고 있는 강원도 고성에는 해당화가 많이 핀다 해서 '화진(花津)'이라는 지명을 가진 호수와 포구가 있다. 이 화진포의 벼랑에 우리나라에서는 좀처럼 볼 수 없는 아담한 독일식 성채가 하나 서 있어 지나는 이의 눈길을 오래 붙든다. 8.15 광복 이후 이 일대는 북한 영역이 되었고, 이 성은 북한군들의 귀빈휴양소로 쓰였다. 그 무렵 김일성이 이곳에 다녀간 것으로 알려져 있다. 실제로 김일성의 부인 김정숙과 어린아들 김정일 형제가 피서를 하던 사진이 남아 있어 한때 이 성을 '김일성 별장'이라 부르기도 했다. 멀지 않은 곳에 이승만 대통령의 별장과 이기붕 부통령의 별장이 있어서 오래전부터 이 셋이 함께 특별한 볼거리가 되어왔다. 김일성 별장이라 불린 이 성은 1937년 건축된 것으로 집의 주인이 바로 셔우드 홀이었다.

당시 외국인 선교사들은 낯선 땅에 적응하지 못해 생기는 질병을 따로 별장을 마련해 지내곤 했다. 셔우드 홀 집안의 별장은 다른 선교사들과 함께 원산 해변에 있었다. 1930년대 후반 일제가 군사 목적으로 원산 해변을 접수하면서 대신 내준 곳이 고성의 바닷가 땅이었다. 셔우드 홀은 고성의 화진포에 와서 새로운 별장을 지을 장소를 찾고 있었다. 《조선회상》은 그때를 다음과 같이 회상한다.

누구도 암벽 위에 별장을 짓기를 원치 않았다. 그곳은 우리가 차지할 수 있는 곳이었다. 우리는 젊었기 때문에 높은 곳을 개의치 않았다. 또한 암벽 위에까지 올라가는 오솔길을 소나무숲 사이에 지그재그 형으로 만들 자신이 있었다. 우리는 이 자리를 택했다. 일단 그 위에 올라서면 눈앞에 펼쳐지는 장관이 너무나 기가 막혀 말을 잃게 된다. 우리는 새 자리에 지을 별장을 종이 위에 설계하기 시작했다. 아무리 훌륭하게 설계하더라도 돈이 드는 것은 아니었기 때문이었다.

지금도 이 별장에 가보면 알지만 '눈앞에 펼쳐지는 장관이 너무나' 아름다운 집이다. 셔우드 홀은 상상의 나래를 펼쳐 마음껏 설계했다. 사실 그렇게 지을 만한 돈이 없었기 때문에 상상력은 더욱 빛을 발했다. 그런데 그 뒤 놀라운 일이 벌어졌다. 건축을 맡은 셔우드 홀의 친구(베버)가 그 놀라운 일의 집행자였다. 《조선회상》은 다시 그때 일을 이렇게 전해준다.

현장에 도착한 나는 그냥 놀라기만 한 것이 아니라 한마디로 경악의 상태였다. 나는 벙어리처럼 입을 벌린 채 한마디도 못하고 서 있었다. 베버 씨와 조선인 청부업자는 자기들의 창작물에 대하여 대단히 자랑스럽게 생각하고 있었다. 그 두 사람이 어찌나 자랑스러워하고 스스로 만족해하는지 그들의 마음에 상처를 준다는 것은 잔혹한 일일 것 같아 더욱 내 심정을 드러낼 수 없었다. 우리의 별장은 내가 생각하고 있었던 조그만 막사가 아니라 작은 성(城)이었다. 회색 돌로 지은 성은 뒤의 푸른 나무숲과 잘 어울렸다. 라인강 가에 있는 성들의 모양과 다를 것이 없었다. 베버 씨는 이 '고요한 아침의 나라'에 독일의 성을 온 정성을 다해 재현한 것이었다.

독일의 라인강에서나 볼 수 있는 성이 우리나라 고성의 화진포에 세워진 것은 셔우드 홀의 동심어린 설계에서 비롯돼 그 친구들의 의외의 추진력이 얹어진 덕분이다. '화진포의 성'이라 이름 붙여진 이곳은 이즈음 지자체인 고성군의 적극적인 지역문화콘텐츠 개발 사업에 연계돼 수많은 관광객들을 부르고 있다. 금강산 가는 길의 바닷가 절경에 어우러진 이 유럽식 성이야말로 셔우드 홀이 이땅에 뿌린 아름다운 얼의 흔적이라 할 수 있다.

셔우드 홀 연보

1893년(1세) 11월 10일, 서울에서 아버지 윌리엄 제임스 홀(William James Hall)과 어머니 로제타 셔우드 홀(Rosetta Sherwood Hall) 사이에서 1남 1녀 중 장남으로 출생.

1894년(2세) 아버지 윌리엄 제임스 홀 사망.

1897년(5세) 미국으로 돌아갔으나 곧 한국에 입국.

1900년(8세) 평양외국인학교의 1기 입학생으로 입학.

1908년(16세) 평양외국인학교 1기 졸업.

1910년(18세) 박에스더가 결핵에 걸려 사망하자 의사를 꿈꾸기 시작.

1911년(19세) 미국으로 돌아가 메사추세츠주에 있는 마운트허몬학교에 입학.

1915년(23세) 마운트허몬학교 졸업. 오하이오주에 있는 마운트유니온대학 의과에 진학.

1919년(27세) 마운트유니온대학 졸업.

1922년(30세) 같은 의과대학에서 산부인과를 전공하던 마리안 버텀리(Marian Bottomly)와 결혼.

1923년(31세) 캐나다로 건너가 토론토대학교 의과대학에서 폐결핵, 흉부질환 전공.

1926년(34세) 선교를 위해 한국으로 돌아옴. 부인과 함께 해주 구세병원(노튼기념병원)에 부임해 의료선교 활동을 시작.

1928년(36세) 결핵요양원을 설립하기 위해 모금운동을 진행. 어머니와 선교부의 후원으로 황해도에 한국 최초 결핵요양원인 해주 구세요양원 건립.

1930년(38세) 안식년을 얻어 아내와 함께 미국으로 귀국. 감리교 선교부의 소개로 크리스마스 실의 창안자였던 비셀(Emily P. Bissell) 여사를 만나 크리스마스 실 운동에 대한 정보를 습득. 한국으로 돌아옴.

1932년(40세) 크리스마스에 맞춰 결핵퇴치운동을 위한 한국 최초 크리스마스 실을 발행.

1933년(41세) 구세요양원에 어머니의 업적을 기리는 로제타기념예배당 건축.

1937년(45세) 강원도 고성군 화진포에 별장 건축. 이 성은 광복 직후 이북 땅에 있어 김일성 부자가 묵은 일로 한때 '김일성 별장'으로 불림. 지금은 '화진포의 성'으로 많은 관광객을 맞고 있음.

1938년(46세) 두 번째 안식년을 얻어 미국으로 귀국.

1939년(47세) 한국으로 돌아옴. 일제의 종교탄압에 의해 선교활동에 많은 제약을 받음.

1940년(48세) 스파이 혐의로 일본 헌병대에 체포. 재판에서 3년 징역 혹은 벌금 5천 엔을 낼 것을 선고받음. 벌금을 물고 한국인 의사였던 문창모에게 병원을 맡기고 한국을 떠남. 선교본부의 부름으로 인도에 부임. 파키스탄 접경인 마다(Mardar)에 있는 마다유니온요양병원에서 원장으로 활동. 결핵 퇴치를 목적으로한 크리스마스 실 운동 시작.

1963년(71세) 병원장 자리에서 은퇴. 인도 정부의 표창 수여받음. 대한결핵협회에서 금메달 수여받음. 캐나다에서 생활.

1978년(86세) 《조선회상》 집필.

1984년(92세) 김동열의 번역으로《조선회상》동아일보사에서 발간. 부인과 함께 한국 방문. 양화진에 있는 부모님의 묘소 참배. 한국 기자들과 기자회견을 가짐. 국민훈장 모란장을 수여받음. 서울에서 대한결핵협회 주최로 생일잔치를 성대하게 치름. 캐나다로 귀국.

1991년(99세) 캐나다 밴쿠버에서 사망. 유언에 따라 부모님이 모셔진 서울 양화진 외인묘지에 안장.

나라의 말이
곧 나라다

국어학자
이희승

1.《국어문법》, 운명의 만남

이희승(李熙昇, 1896~1989)은 국어학자로 국어 연구에 평생을 바쳐온 사람이다. 중년기까지 일제 강점기 아래 지나고 이후 전쟁과 가난으로 점철된 시기를 살면서 '국어'로 집약된 삶을 조금도 흩트리지 않았다는 사실부터 우리의 경의를 불러모으기에 모자람이 없다. 그 암울한 시기에도 향학열이나 창작의지를 불태운 사례가 적지 않고 이로부터 우리의 표상이 된 인문학 성과들이 꽤 나와 있지만, 자신의 의지를 하나의 결실로 이어갈 분야로

'국어'를 내세운 그의 내면은 무엇보다 특별하다.

이희승은 경기도 풍덕군(현 북한의 개풍시)의 상조강리(上祖江里)에서 누대에 걸쳐 살아온 가난한 양반의 후예로 태어났다. 어릴 때부터 글공부를 할 수는 있었으나 집안은 농사짓는 일이 주업이었다. 그런 중에 한때 중추원 당상까지 오른 아버지의 결단으로 서울에서 한성외국어학교, 경성고등보통학교, 양정의숙 등을 이어 다닐 수 있었다. 그러나 대체로 집안의 후원은 그런 정도에서 끝났다. 일제의 조선교육령으로 양정의숙이 '고보'로 격하되어 더는 다닐 수 없게 되었고 아버지 또한 벼슬을 잃게 돼 이희승은 낙향해서 농사 외에 달리 할 수 있는 일이 없었다. 왜소한 체구에 타고난 약질인 이희승에게 농사일은 견디기 쉽지 않은 일과였다. 인생의 전기는 이 무렵(1913) 찾아왔다.

이 무렵 나는 내 인생의 길을 찾는 결정적인 계기를 만났다. 국어학과의 해후였다. 그것은 그때 상조강리 일가 중 휘문의숙(徽文義塾)에 다니고 있던 이한룡의 교과서로부터 비롯됐다. 그 해 겨울방학에 한룡이 귀성했을 때 나는 좋은 말벗이 생긴 것이 즐거워 매일 그의 집에 놀러 가곤 했다. 그는 내가 한번도 본 일이 없는 교과서들을 갖고 있었는데 나는 그것들을 닥치는 대로 빌려다가 읽었다. 그 책들 중 하나가 〈국어문법〉이었다. 교재용으로 프린트한 것이었는데 지은이가 바로 주시경 선생이었다.

처음 호기심에서 책을 읽어가는 동안, 나는 '이런 학문도 있었구나.' 하는 경이를 맛보았다. 재독, 삼독을 하고 5,6회를 거듭 읽는 동안, '나도 국어 공부를 해야겠다'는 결심을 굳히게 됐다. 내 인생의 길은 이렇게 시작이 됐으니 참으로 기연이라 할 것이다.

— 회고록《딸깍발이 선비의 일생》에서

주시경(1876~1914)은 '자기 나라를 보존하며 일으키는 길은 나라의 바탕을 굳세게 하는데 있고, 나라의 바탕을 굳세게 하는 길은 자기 나라의 말과 글을 존중하여 쓰는 것이 가장 중요하다'는 어문 민족주의를 연구와 운동으로 실천에 옮긴 선배 학자였다. 20세기 초는 오랜 한자문화시대로부터 국한문혼용이 상용화되는 시기에 우리 문법의 체계화가 절실해져 있었다. 그때의 한 결실이 바로 주시경의《국어문법》(1910)이었다. 공부가 갈급했던 이희승은 친구의 집에서 최신 교과서를 접했고 그 중에서 이 책을 발견해 반복해서 읽는 동안에 인생의 목표를 '국어'로 정하게 된 것이다. 아마도 시골에서 계속 살았으면 이희승은 누구보다 무능한 농사꾼으로 힘들게 일생을 살았을지도 모른다. 그러나 책과 공부를 향한 집념은 끝내 자신의 운명을 새롭게 열었고 마침내 인생 최대 목표인 '국어 연구'에 삶을 바쳤다.

2. 어문운동은 독립운동이다

1942년 10월 1일 새벽, 이희승은 잠도 덜 깬 상태에서 거칠게 문을 두들기는 손님을 맞아야 했다. 서대문경찰서의 고등계 형사라 밝힌 두 사내였다.

"아, 이선생이구만!"

한국인 신 형사가 그 중 하나였다. 평소 신촌 지역 담당이라 이희승의 얼굴을 알아본 거였다. 무슨 일이냐고 물은 이희승에게 심상찮은 대답이 따라왔다.

"서까지 가보면 압니다."

설마 무슨 일이 있으랴 싶었다. 1932년 이후 이화여전 교수로 학생들을 가르치고 연구 활동을 해온 외에 특별히 한 게 없었다. 아무리 생각해도 경찰서에 갑자기 끌려갈 만큼 지은 죄는 없었다. 게다가 이날은 학교 동료들과 등산을 가기로 한 날이었다. 두 형사가 방에 들어와 일기장과 국어에 관한 책을 챙기는 게 여간 께름칙하지 않았다.

아니나다를까, 일은 염려한 쪽으로 자꾸 몰려가고 있었다. 이희승은 서대문서를 거쳐 총독부 앞 경기도 경찰부 유치장에 갇히는 신세가 되면서 자신을 덮씌우는 불길한 운명의 그림자를 느껴갔다. 그 유치장으로 장지영, 최현배, 김윤경, 이윤재, 이극로,

정인승, 권승욱, 한징, 이중화, 이석린 등이 포승에 묶인 몸으로 차례로 들어왔다. 모두 조선어학회 회원들이었다.

조선어학회는 우리말과 글을 연구하려는 목적으로 조직된 단체로 1921년 12월 3일 조선어연구회라는 이름으로 처음 출범했다. 이후 기관지《한글》등을 발간하면서 연구발표와 강연 등 한글 연구와 보급에 힘썼다. 1929년《조선어사전》편찬에 착수하기도 했고, 1931년 조선어학회라는 이름으로 바꾸고 '한글맞춤법 통일안'(1933)을 제정하기도 했다.

이희승은 조선어연구회 시절 한글맞춤법 통일안을 제정 결의할 때 12인 위원의 한 사람으로 참여해 수년에 걸친 원안 작성에 참여해 마무리 짓는 9인으로 끝까지 남아 있었다. 우리가 알고 있는 '표준말을 그 소리대로 적되 '어법'에 맞도록 하고, 서울 중류 사회의 말을 표준말로 하며, 문장의 각 단어는 띄어 쓰되 토는 그 윗말에 붙여 쓴다'는 한글맞춤법의 대원칙은 이때 정해진 것이다.

한글맞춤법을 제정한 조선어학회는 이어 1936년부터 2년여 동안 '조선어 표준어 사정 위원회'를 두고 6,231개의 표준어를 사정하여 '조선어 표준말 모음'으로 공표했다(1937.10). 또한 외래어 표기법, 조선어음 로마자 표기법 등도 연이어 발표했고(1940.6), 소강상태에 있던 우리말 사전 편찬에도 박차를 가해 이 무렵 출판 단계에 이르러 있었다. 이희승이 이 모든 일에 관여한 주역 중 한 사람이었음은 말할 것도 없다.

유치장으로 끌려간 이희승을 비롯한 조선어학회 회원들은 자신들의 활동이 일제가 탄압할 만한 직접적인 행동이나 모의가 아니라고 생각했다. 그러나 일제의 생각은 달랐다. 학교에서 조선어교육을 금지시킨 것이 1938년, 그리고 이듬해 개정된 조선민사령(朝鮮民事令)으로 창씨개명을 실시중이었다. 공공기관은 말할 것도 없고 일상생활에서조차 일본어 상용이 강요되고 있었다. 이런 상황에서 조선어학회의 사전 편찬 등의 사업은 얼마든지 문제가 될 사안이었다.

때마침 함남 홍원읍에 있는 영생고녀의 한 재학생의 일기에서 반일사상이 뚜렷이 드러난 기록이 발견되었다. 이런 사상을 주입했다고 지목된 교사 중 한 사람이 1940년 조선어학회의 사전 편찬사업에 종사한 사실이 밝혀지자 일제는 이 학회를 '조선 민족주의자들의 단체'로 몰아세워 체포령을 내린 것이다. 1차로 체포된 이희승 등 11명에 이어 수십의 관련인이 모진 고문을 받은 끝에 총 33인이 재판정에 세워졌다.

— 고유 언어는 민족의식을 양성한다. 조선어학회의 사전 편찬은 조선민족정신을 유지하는 민족운동의 형태다. 그러므로 이들의 행동은 '치안유지법'의 내란죄가 된다.

한 민족이 지닌 고유한 언어에는 민족의식이 반영된다는 것, 그 언어를 연구하고 홍보하는 일은 바로 민족의식을 고취, 고양시키는 일이 된다는 것…… 일제가 조선어학회를 절멸시키려 씌운 혐의이긴 하지만 이 말의 뜻은 어쩌면 한 치도 부정할 수 없는 사실이라 할 수 있었다. 즉, 조선어학회에서 해온 한글 연구와 홍보는 조직적인 민족운동이라 할 수는 없으나 그 정신적 배경에는 어문운동으로써 민족의 정신을 지켜내 독립을 이루려는 의지가 근원적으로 폭넓게 반영돼 있었던 것이다. 일제는 이 점을 공략했다. 1943년 조선어학회 사건은 이극로 징역 6년, 최현배 징역 4년, 이희승 징역 2년 6개월, 정인승·정태진 징역 2년 등으로 형 집행이 언도되면서 마무리되고 있었다.

3.《국어대사전》과《한한대사전》

이희승은 '분수에 넘치는 생활을 하지 않는다, 공짜로 재물을 탐내지 않는다' 등의 말을 입버릇처럼 하고 살았다. 누구나 할 수 있는 말이지만 실은 이희승처럼 이를 어김없는 일상으로 지켜낸 사람은 드물다는 것이 관계자들(강신항 외)의 증언이다. 설날이면 수백 명이 넘은 세배객들을 이름난 개성음식으로 정성껏 대접한 일도 훈훈한 추억담으로 들려온다. 일흔이 넘을 때까지 나들이할 때는 버스만 탄 일, 부인상 때는 물론이고 자신의 장례 때조차 화환과 부의금을 거절케 한 일이며 사회장과 국립묘지 안장을 거부하고 조촐한 가족장을 지내게 한 일 등은 이희승의 인품을 잘 알려주는 일화라 할 수 있다.

국어학자로서 이희승의 업적은 크게 두 가지가 꼽히고 있다. 하나는 국어학 연구의 방법을 과학적으로 저술한 《국어학개설》의 발간(1955)과 이를 뒤이은 국어문법의 개척이다. 오늘날 국어 관련 강의실에서 쓰이는 많은 저술과 강의안은 이 바탕 위에 서 있다고 할 수 있다. 또 하나는 한국어문 역사상 누구도 빼놓을 수 없는 《국어대사전》(민중서관. 1961)의 편찬이라 할 수 있다. 이 사전은 말할 것도 없이 일제 때 조선어학회 등에서 잔뼈가 굵은 이희승의 사전 편찬 경험을 비롯해 언어에 대한 모든 지식과 정보가 총 집성된 성과다.

일제 때 조선어학회에서 편찬을 준비해 광복 후부터 발간되기 시작한 '조선말 큰사전'은 1957년 한글학회의 전6권 《큰사전》으로 완간된 바 있었다. 이희승의 《국어대사전》은 이를 저본으로 하면서 보다 많은 수의 어휘 수집에 골몰했다.

> 우리 민족의 생활과 문화가 통틀어 담겨 있는 것이 언어이며, 국어사전은 그 언어를 담아 놓은 그릇이다.
> ― 〈편자의 말〉에서

이에 따라 '큰사전'의 16만 어휘보다 7만 어가 더 많은 총 23만 어를 넣게 되었다. 용어의 보편성, 뜻풀이의 세련성이나 현대화 정도, 그리고 사용의 편의성 등에서도 상당한 장점을 확보했다. 또한 '큰사전'이 6권의 분책인데 비해 총 3,463면을 단권으로 엮어 실용적인 면에서도 대환영을 받는 사전이 되었다. 이 사전은 1982년 수정증보판이 나올 때까지 32쇄나 발행한 것으로 알려져 있다.

유수의 사립대학인 단국대학교에서 가장 유서 깊은 부설연구기관의 하나인 동양학연구소의 건물에는 한 시절 일석기념관(一石記念館)이라는 현판이 달려 있었다. 1970년 9월 개설된 이 연구소에 일석 이희승이 소장으로 취임한 것은 이듬해 1월이었다. 이희승은 연구소 사업으로 연 1회의 국제학술세미나 개최, 학술지《동양학》정기 발행, 동양학 총서 연속 발행 등 당시로서는 대학 연구소에서는 결코 시도할 수 없는 획기적인 기획을 실천해 옮겼다. 중국, 일본에 없는 한국의 고유한 한문어휘를 수집한 《한한대사전(漢韓大辭典)》(2008년 전16권 완간) 편찬도 처음에 이희승의 지휘에서부터 비롯되었다. 1981년 동양학연구소에서 물러난 이희승은 이후 구순에 접어들면서까지 학계 원로로서 후학들의 든든한 배경으로 자리해 있었다.

이희승의 정신은 스스로가 지칭한 '딸깍발이'로 집약된다. 이는 고루하고 빈한한 삶인 듯하면서도 잇속을 챙기지 않는 강직함의 선비정신으로 살아온 자신의 삶에 대한 자긍이라 할 수 있다.
이로부터 〈딸깍발이〉 등 명수필이 탄생되기도 했다.

이희승 연보

1896년(1세) 4월 28일, 경기도 광주 출생. 집안의 원적지인 경기도 풍덕군(현 북한의 개풍시) 등에서 성장.

1903년(8세) 5년간 집에서 한문을 수학.

1908년(13세) 이정옥과 혼인한 뒤 상경. 관립 한성외국어학교 영어부 입학.

1910년(15세) 경술국치로 학교가 폐교되자 졸업.

1911년(16세) 경성고등보통학교에서 수학.

1912년(17세) 양정의숙에서 법학 전공.

1914년(19세) 신풍학교 교원으로 임시 근무.

1915년(20세) 사립 중동학교 야간부에서 수학.

1918년(23세) 사립 중앙학교 졸업. 해경성직뉴주식회사에 입사.

1919년(24세) 경성방직주식회사에서 근무.

1923년(28세) 전문학교 입학 검정시험에 합격.

1925년(30세) 연희전문학교 수물과(數物科) 졸업.

1927년(32세) 경성제국대학 예과 수료.

1930년(35세) 경성제국대학 법문학부 조선어학 및 문학과 졸업. 조선어학회 입회. 조선어학회 간사, 간사장 등을 역임. 경성사범학교 교사.

1932년(37세) 이화여자전문학교 교수 취임.

1933년(38세) 《한글맞춤법통일안》 확정.

1937년(42세) 《표준어사정(標準語查定)》 완성.

1938년(43세) 《역대조선문학정화(歷代朝鮮文學精華)》 상권 간행.

1942년(47세) 10월 1일 조선어학회사건으로 검거. 함경남도 홍원경찰서와 함흥형무소에 수감.

1945년(50세) 출소. 새로 개교한 경성대학 법문학부 교수 취임.

1946년(51세) 10월 학제개편으로 국립서울대학교 국어국문학과 교수 취임. 《조선문학연구초(朝鮮文學研究초)》 출간. 《한글맞춤법강의》 출간.

1947년(52세) 시집 《박꽃》 발표. 《조선어학논고(朝鮮語學論攷)》 간행.

1949년(54세) 교과서 《초급국어 문법》 발행.

1952년(57세) 서울대학교 대학원 부원장 취임.

1954년(59세) 대한민국학술원 회원에 뽑힘.

1955년(60세) 《국어학개설(國語學槪說)》 간행.

1956년(61세) 수필집 《벙어리 냉가슴》 발표.

1957년(62세) 서울대학교 문리과대학장 취임. 교과서 《새고등문법》 발행. 학술공로상 수상.

1960년(65세) 4월 25일 3·15부정선거규탄 대학교수단 데모에 참여. 서울특별시교육공로상 수상.

1961년(66세) 서울대 정년퇴임.명예문학박사 학위 수여. 시집 《심장의 파편》 발간. 《국어대사전》 편찬.

1962년(67세) 서울대학교 명예교수로 임명. 건국훈장독립장 수여.

1963년(68세) 동아일보사 사장에 취임.

1964년(69세) 수필집 《소경의 잠꼬대》 발표.

1965년(70세) 대구대학 대학원장으로 임명.

1966년(71세) 성균관대학교 대학원장 역임.

1968년(73세) 현정회(顯正會) 이사장 자리에 오르면서 단군 존숭사업에 참여.

1969년(74세) 한국어문교육회 회장 선출. 어문교육 시정에 적극 참여.

1971년(76세) 단국대학교 부설 동양학연구소 소장직에 오름.

1978년(83세) 인촌문화상 수상.

1989년(94세) 영면. 국민훈장 무궁화장 수여.

중심을 향해
끝을 향해

생물학자
석주명

1. 그곳에 나비가 빛나고 있었다

1931년 가을, 미국의 앤드류즈 탐험대 소속의 지질학자 모리스(F. K. Morris)는 중앙아시아의 고비사막에서 공룡 화석을 채취하는 업무를 마치고 중국 안동을 거쳐 압록강을 건넜다. 다음 목적지인 경성으로 가자면 신의주에서 출발하는 경의선을 타야 했다. 경의선은 서울과 신의주를 잇는 철도로 평양과 개성 등이 주요 경유지였다. 당시 모든 기차역은 일본식 이름이 붙여져 헤이조〔평양〕, 가이조〔개성〕, 게이조〔경성〕 등으로 불렸다. 모리스는 경성과 발음이 비슷한 개성에 이르러 이름을 잘못 알아듣고 짐을 챙겨 하차하는 실수를 하고 말았다.

개성은 한때 고려의 수도였던 곳이다. 잘못 하차한 모리스는 다음에 오는 열차를 기다리는 동안 개성 전도단의 안내를 받아 개성의 명물로 알려진 한 곳을 구경하게 된다. 그곳은 송도고등보통학교 부설 박물관이었다.

― 고등학교의 박물관이 명물이라니!

모리스의 의문은 학교로 들어서면서 놀라움으로 변했다. 신흥 강국 미국 사람의 눈에 식민지 조선이 성에 찰 리 없었다. 그러나 이 송도고보는 결코 만만하게 여길 데가 아니었다. 1906년 개화기 지식인 윤치호가 고려가 도읍한 송악산 기슭에 한영서원이라는 이름으로 처음 지은 이 학교는 1930년대 당시 일본의 와세다 대학보다 더 큰 교정에 웅장한 본관, 교실과 실험실습실이 있는 이화학관(理化學館), 지리와 역사 교육을 하는 특별 인문관, 축구장, 최신식 기숙사, 수영장, 박물관 등을 갖춘 세계 최고 수준의 하이스쿨이었다.

그 중에서 박물관은 기대 이상이었다. 지하 1층, 지상 2층으로 된 건물의 규모나 시설도 그러했지만 특히 표본실이 돋보였다. 이 표본실에는 원래 이 학교 교사였고 나중에 조류학자로 이름을 날리는 원홍구의 조류 표본과 값비싼 경비를 들인 2천여 종의 곤충 표본이 전시되어 있었다. 모리스가 이곳을 방문했을 때는 여기에 2만 마리의 나비 표본이 새로이 갖춰져 있었다. 모리스는 자신의 심장이 쿵쿵거리는 걸 느꼈다. 일본에 패망한 나라 조선에서도 옛 왕국의 퇴락한 도읍의 한 고등학교에 와서 이런 일을 겪게 될 줄은 꿈에도 몰랐다. 모리스는 나비를 연구하고 있는 스물넷의 박물학 교사 석주명(石宙明, 1908~1950)의 손을 꼭 잡았다.

— 이 정도면 자료 가치가 대단할 것 같네요. 한반도에 이런 나비가 있다는 걸 알면 아마 세계 학계가 놀랄 겁니다.

모리스는 미국으로 돌아간 즉시 여러 박물관에 연줄을 대 나비 표본 교환을 주선했다. 이 이후 석주명은 미국의 여러 박물관에서 제공한 연구비로 한반도 나비 연구에 박차를 가한다. 살아생전 쓴 128편에 이르는 논문의 시발은 이때부터였다. 대표 논문의 하나인 〈배추흰나비의 변이연구〉(1936)은 무려 16만 개의 나비 표본으로 그동안 20개의 다른 종으로 발표된 학명이 모두 같은 종의 배추흰나비임을 분석한다. 이 논문을 비롯한 석주명의 많은 성과가 세계 학계에 알려진 1939년 영국 왕립 아시아학회는 석주명의 대저작 집필을 지원해 준다. 이 덕분에 이듬해 10여 년간의 나비 연구를 총 결산해 집대성한, 총 430쪽에 이르는 영문 저작 《A Synonymic List of Butterflies of Korea(조선산 나비 총목록)》이 탄생할 수 있었다.

2. 삶의 진정한 가치를 나비 연구에서 찾으며

《조선산 접류 총목록》은 무려 나비 75만 마리를 대상으로 종 수를 분류해 그동안 일본 학자 등이 함부로 확정해 놓은 학명 800여 개를 말소하고 정확한 학명으로 목록을 정리한 대저작이다. 많은 전문가들이 당시 이 책을 이렇게 평했다.

— 조선산 나비의 상황을 완벽하게 보여주면서 인접한 만주, 중국, 일본 나비와의 관계를 확인할 수 있는 중요한 자료.

— 10년간 모든 관련 자료를 섭렵하고 수십만 개체의 조선 나비를 채집 조사해 정확하고 치밀하게 연구한 이 분야 최고의 가치.

— 석주명은 반도의 남과 북 끝까지, 거기 딸린 섬까지 전국토를 몇 번씩 답사해 표본을 채집한 가장 뛰어난 나비 연구가.

석주명은 1931년부터 시작해 1950년 비명횡사할 때까지 이 저작을 비롯해 여러 권의 책과 128편의 논문을 남겼다. 총 844 개의 학명 말소, 한국산 나비 248종 확정, 이에 따른 연구사와 학명 변천사의 기술, 이들 중 70%에 새 이름 명명, 5종의 신아

종 발견 등은 이후 아무도 뛰어넘지 못하는 석주명의 업적이다. 현재 한국산 나비는 251종으로 알려져 있고 이후 학명을 일부 고친 것도 있지만 석주명이 조사 정리한 것과 거의 똑같다. 이후의 연구 논문들도 모두 석주명의 책과 논문을 기본으로 하고 있다. 1940년 당시 세계의 학자 30명밖에 가입하지 않은 만국인시류학회(세계곤충학회)의 정회원이 된 일이나 미국 등 세계 여러 기관의 파격적인 연구비를 받은 일, 발표나 행사 때마다 언론의 표적이 된 일 등은 그 업적의 액세서리 같은 거였다. 석주명에게 붙은 나비박사라는 호칭이야말로 어쩌면 가장 우스운 별명이라 할 수 있다.

석주명의 출생지는 평양이다. 유복한 집에서 태어나 종로보통학교를 마치고 숭실고보에 입학해서는 음악과 연극을 좋아해 학생공연단의 일원으로 평안도 일대를 순회 공연하는 끼를 부리며 성장했다. 그때까지만 해도 나비 연구는커녕 공부 자체에도 크게 흥미를 가지지 않았다. 운명을 바꾼 것은 숭실학교의 동맹휴학 시기였다. 아들 공부를 위해 황소 한 마리보다 더 비싼 타자기를 사주기까지 한 어머니는 때를 놓치지 않고 석주명을 개성의 송도고보에 전학시킨다. 송도고는 시설뿐 아니라 교사의 수준에서도 최고였다. 박물학 교사 원홍구 등에게서 교육을 받으며 송도고를 졸업한 석주명은 일본의 가고시마 농대 유학 생활을 거치고 함흥의 영생고보 박물 교사를 거쳐 다시 모교로 돌아온다. 원홍구가 평남 안주농업학교로 전근을 가서 빈 그 자리였다. 석주명의 나비 연구는 1931년 이 송도고에 와서 송경곤충연구회를 조직할 무렵부터 1942년 사이에 절정을 이루었고 미국을 비롯해 세계 곤충학계에 이름을 날리는 저작과 논문을 내었다.

석주명은 처음 일본에 갈 때만 해도 낙농(酪農)을 통한 '축산입국(畜産立國)'에 이바지하는 데 목표를 두었다. 사실 '나비박사'라는 별명이 붙은 시기에도 이러한 목표를 잊은 적은 없었다. 곤충을 공부하게 된 것도 농업 발전에 기여하기 위해 농작물과 곤충의 관계 연구가 필요해서였다. 곤충학에서 가장 초보적인 대상이 나비였다. 가고시마 농대의 오카지마 교수의 가르침도 영향이 컸다.

여기서 석주명의 나비 연구가 왜 그렇게 집요하고 또한 왜 그렇게 성공적일 수 있었던가를 생각할 필요가 있다. 우선은 말할 것도 없이 그의 우수한 지능과 그를 뒷받침해 준 가정환경 덕분이라고 할 수 있다. 다음은 송도고보라는 교육 환경을 빼놓을 수 없다. 좋은 시설에서 문과, 이과의 뛰어난 교사들이 이끌었고, 예능에까지 소질이 있는 석주명이 그 아래에서 다방면의 지식과 품성을 쌓으며 자유롭게 공부할 수 있었다. 교육으로 인재를 키워 나라를 다시 세우겠다는 창학이념 또한 석주명의 혼에 울림을 주었을 것임에 틀림이 없다. 영혼에 삶의 진정한 가치를 심어주는 일, 이것이 인문학이 할 일이다. 석주명의 나비 연구는 궁극적으로 국가의 자립과 그 국가에서 사는 사람들의 참된 삶을 위한 것이라 할 수 있다.

3. 나비는 향토의 산물, 나비학은 국학

1942년 3월 송도고를 그만둔 석주명은 거의 한 달 동안 개마고원을 돌면서 나비 채집을 했고 여러 달 동안 국내외 답사를 이어갔다. 이후 경성제대 촉탁 연구원으로 있으면서 제주도의 생약연구소 시험장에서 2년간 근무하기도 했고 수원 농사시험장 병리곤충학 부장을 지내기도 했다. 광복 후 국립과학박물관 동물학 부장으로 일하던 중 6·25전쟁기에 뜻밖의 사고로 사망한다. 이 시기 나비에 대한 연구를 조금도 소홀히 한 적이 없는 석주명에게 이질적인 두 가지 업적이 더해진다. 제주도 방언 연구가 그 하나요, 에스페란토 연구가 그 둘이다.

석주명은 왜 제주 방언 연구에까지 손을 댔을까. 석주명은 "방언과 곤충 사이에는 일맥상통하는 점이 많아서 방언을 연구하는 방법으로 곤충을 연구할 수 있겠고, 곤충을 연구하는 방법으로 방언을 연구할 수도 있다."고 했다. 즉, 나비 연구와 그 지역 방언 연구를 서로 필수불가결한 관계로 이해했다는 얘기다. 석주명은 생물학이 향토색을 반영한다고 봤고 따라서 나비 연구도 국학의 연장으로 이해했다.

석주명이 당시 만국에서 통용되는 문자로 개발된 에스페란토의 국내 권위자로 활동한 일도 이 연장선에서 설명할 수 있다. 석주명은 세계인은 평등해야 하는데 우리나라는 서구에 무시를 당하고 있다고 봤다. 이는 서로 쉽게 통하지 않아서이고 그 이유를 세계와 통하는 언어의 부재에서 찾았다. 에스페란토는 세계인이 소통할 수 있는 언어였다. 석주명이 조선 에스페란토학회 창립 회원으로 활동하면서 대학의 관련 강의를 하고 《국제어 에스페란토 교과서》를 내서 보급한 것도 그런 이유에서다.

석주명의 언어에 대한 연구와 관심은 나비에 직결된다. 한국 나비 251종 중 70%에 새로운 이름이 명명되고 그 대부분이 순 우리말 또는 우리 식 표현인 것이 바로 석주명의 공이다. 지리산 팔랑나비, 개마별박이세줄나비, 고운점박이푸른부전, 기생나비, 긴꼬리제비나비, 알락팔랑, 흰뱀눈나비, 이른봄애호랑이…… 그가 붙인 나비 이름을 부르다 보면 그 이름처럼 나비들이 눈앞에서 갖가지 무늬를 빛내며 팔랑거리는 듯싶다. 이들 중에 석주명이 최초로 발견하고 학명에 'SEOK'라는 석주명의 성씨가 새겨진 다섯 종은 도시처녀나비, 수노랑나비, 스키타니은점선표범나비, 유리창나비, 간지부전나비 등이다. 그의 나비 연구는 이처럼 나라와 민족에 대한 사랑과 사람들 사이의 평등을 위하는 마음이 깃들어 있다.

나비학의 성공에 비하면 첫 부인과의 비극적인 결별, 두 번째 부인과의 질긴 이혼 소송 등은 석주명 생애에서 깊은 그늘이라 할 수 있다. 9·28 수복 직후, 불타버린 국립과학관의 재건을 위해 회의에 참석하러 충무로 4가를 걸어가던 석주명 앞에 더욱 어두운 그림자가 덮친다. 급한 발길이 길에서 술 마시던 청년의 몸에 닿았고, 술에 취한 청년이 석주명을 인민군으로 생각하고 총으로 쏘아 버렸다.

석주명이 죽은 몇 달 뒤 1·4후퇴 때 여동생 석주선은 피난 물품에 자신이 아끼던 귀한 조선의 복식 유물 대신 오빠가 쓴 500장의 지도와 책 원고를 포함시킨다. 석주명의 또 하나의 명저 《한국산 접류 분포도》는 이렇게 살아남아 오늘에 전해진다. 석주명이 일본 유학 갈 때 따라갔다가 그대로 남아 양재 전문가가 돼 돌아온 석주선은 이후 조선 복식사의 권위자로 성장하고 있었다. 석주명의 여타 유물 역시 석주선이 자신의 소장 복식 일체를 단국대에 기증해 석주선기념박물관을 세울 때 함께 가져가 보관하게 된다.

*이 글은 이병철이 낸 《석주명 평전》(그물코, 2002)에 기초한 것임을 밝힙니다.

석주명 연보

1908년(1세) 11월 13일, 평양에서 아버지 석승서와 어머니 김의식 사이의 3남 1녀 중 차남으로 출생.

1921년(14세) 평양 종로공립보통학교 졸업. 평양 숭실고등보통학교 진학.

1922년(15세) 숭실고등보통학교에서 동맹 휴학 사태가 일어나자 자퇴.

1923년(16세) 송도고등보통학교로 전학. 박물학 교사로 재직중이던 조류학자 원홍구(元洪九)를 만남.

1926년(19세) 송도고등보통학교 졸업. 농업전문학교인 가고시마 고등농림 학교 입학. 덴마크 농업에 흥미를 가지고 낙농을 시작. 농학과에서 수학. 교내 에스페란토 연구회에서 활동.

1927년(20세) 생물학 공부 시작.

1929년(22세) 대학 졸업. 함흥 영생고등보통학교 교사로 부임.

1931년(24세) 송도고등보통학교 부임. 나비 연구 시작.

1936년(29세) 대표 논문 〈배추흰나비의 변이곡선〉 발표.

1940년(33세) 《A Synonymic List of Butterflies of Korea(조선산 나비 총목록)》 발간.

1942년(35세) 나비 연구 진행하기 위해 송도고등보통학교 사직. 한국을 비롯한 전 세계를 돌며 채집 여행 시작. 경성제국대학 부설 생약연구소의 촉탁 연구원으로 지냄.

1943-1944년(36세~37세) 제주도 생약연구소 시험장 근무. 제주 방

언 연구.

1945년(38세) 수원 농사시험장 병리곤충학 부장으로 발령.

1946년(39세) 국립과학박물관 동물학 연구부장 근무.

1947년(40세) 한국 나비 248종, 우리말 이름으로 조선생물학회에 통과.《제주도 방언집》출판.

1948년(41세)《제주도 생명조사》출판.

1949년(42세)《제주도 문헌집》출판.《제주도의 성명조사서》출판.《국제어 에스페란토 교과서》출판.

1950년(43세) 9·28수복 후의 서울에서 재직 중인 국립과학관의 재건의 위해 회의를 참석하러 가던 중 총격으로 사망.

자신의 희생으로
동료를 지킨 사람

군인
이인호

1. 날아온 수류탄을 몸으로 덮치다

"즉시 투항하라! 그렇지 않으면 몰살하겠다!"

정보장교 이인호 대위는 핸드마이크를 든 베트남군 통역관을 통해 산이 쩌렁쩌렁 울리도록 소리치게 했다. 대나무숲이 우거진 야산이었다. 동굴은 눈앞에 있었다. 잠깐이지만 산들바람이 불어 목덜미를 식히는 듯하더니 그마저도 이내 잠잠해졌다. 이 대위는 3소대 3분대원들의 엄호를 받으며 동굴 입구까지 다가갔다.

"즉시 투항하라! 그렇지 않으면 몰살하겠다!"

통역관은 이번에는 동굴 안에 대고 소리를 질렀다. 세 번이나 같은 말이 반복되는 동안 짧은 메아리가 여러 차례 이어졌다.

동굴 입구의 흙담에 기대 선 이 대위는 마침내 손을 들어 신호를 보냈다. 반대편에 서 있던 3분대장 김찬옥 하사가 몸을 낮추고 동굴 안으로 들어갔다. 곧바로 부하 넷이 그 뒤를 이었다.

1966년 8월, 청룡부대는 뚜이호아 지역에서 추라이 지역으로 이동하기 위해 뚜이호아에서 붕로 만(灣)에 이르는 1번 도로의 안전을 확보하는 이른바 해풍작전을 벌이고 있었다. 지역 내 숨은 베트콩(남베트남 민족해방전선)들을 소탕하는 것이 이 작전에서 가장 중요한 일 중의 하나였다.

이인호 대위는 귀순한 여자 베트콩 대원 둘로부터 인근 지역에서 활약하는 베트콩 세력의 근거지를 밝혀내는 데 성공했다. 이 대위는 이들을 헬리콥터에 태워 정글을 정찰했다. 이들은 작전지역 내의 한 곳을 손가락으로 가리켰다.

"바로 저기 저 대나무숲에 비밀 아지트가 있어요!"

얼핏 보면 그냥 숲인 곳이었다. 그러나 여자 베트콩 대원들은 정확히 어느 한 지점을 짚었다. 대나무숲을 헤쳐가자 유난히 대나무를 촘촘히 세운 구역이 있었다. 그 안쪽에 높이 1.5m, 폭 1m 크기의 동굴 입구가 은폐된 것이 보였다.

"놈들이 모두 도망간 듯합니다."

동굴 안으로 들어갔던 김 하사 일행이 수류탄 3발과 구급낭 ·

탄띠, 그리고 수천 알의 실탄을 수거해 나왔다.

"이곳을 그냥 비우고 모두 달아날 리가 없어."

이 대위는 부하들을 이끌고 직접 동굴 안으로 들어서서 랜턴을 비춰 동굴 안을 살폈다. 동굴 안은 얼핏 봐서는 규모를 정확히 알 수 없었다.

"철저히 수색해서 이참에 근거를 뿌리뽑아야 해! 내가 앞장서겠다!"

동굴 앞에서는 잠깐 동안 실랑이가 벌어졌다. 앞장서서 동굴 안을 수색하려는 이 대위를 김 하사가 막아선 것이다. 그러나 이 대위는 뜻을 굽히지 않았다. 김 하사 일행은 앞장선 이 대위를 엄호하며 바짝 뒤를 따라 붙었다.

이 대위는 몸을 한껏 낮추고 동굴 안으로 걸어 들어갔다. 동굴은 한번 들어서면 돌아나오기 어려울 만큼 좁았다. 한여름이어도 땅 속은 서늘했지만, 몇 걸음만 긴장해서 걸으면 땀이 비 오듯 쏟아져 곧 온몸이 찜통에 빠진 듯한 느낌이 들었다.

"엇!"

앞장서 걷던 이 대위는 동굴이 ㄱ 자 모양으로 꺾이는 지점 앞에 멈춰 섰다. 이 대위 앞으로 뭔가 휙 하고 날아오는 게 있었다. 그것이 벽을 한 번 치고 땅에 닿는 게 랜턴 불빛 아래 비쳤다.

"엎드려!"

이 대위는 땅에 떨어진 그것을 주워 앞으로 던졌다. 적들이 던진 수류탄이었다. 커다란 폭발음 속에 몇 마디 비명이 잦아들었다. 무너지는 동굴 틈으로 쓰러진 적들의 모습이 보였다.

"몸을 낮추고 나를 따르라!"

이 대위는 다시 전열을 가다듬고 있을 때였다. 다시 이상한 바람소리가 일더니 눈앞으로 수류탄 하나가 굴러 떨어지고 있었다.

"피해라!"

이 대위는 소리를 지르며 수류탄으로 손을 뻗으려 했다. 시간이 없었다. 동굴 안이라 웅크린 몸이 이번에는 마음대로 움직이지 않았다. 일촉즉발의 위기였다. 눈앞에서 저게 터지면 전원 몰살된다. "피해라!" 이 대위는 다시 소리 지르며 수류탄 위로 몸을 날렸다.

잠시 뒤 요란한 폭음이 울렸고, 벽과 천정이 무너져 내렸다.

청룡부대로 불리는 제2해병여단의 3대대 정보장교 이인호 대위. 그는 적들이 던진 수류탄을 몸으로 덮쳐 부하들을 구하고 하늘나라로 갔다. 1966년 8월 11일, 베트남에서의 일이었다.

2. 베트남 전쟁과 한국군 참전의 의미

이인호 대위가 참전해 순직한 베트남 전쟁은 베트남이 속해 있는 인도차이나 반도의 이름을 따서 일명 인도차이나 전쟁이라고도 한다. 베트남은 동남아시아의 인도차이나 반도 동남쪽 바다에 길게 뻗어 내린 국가다. 지도상으로 우리나라에서는 태평양의 남서쪽 바다로 한참 내려 짚어야 보이는 나라다. 이인호 대위는 이렇게 먼 나라에 전투 군인으로 참전해 싸우다가 서른여섯 살 나이로 전사했다.

베트남 전쟁, 이 전쟁은 어떤 전쟁이기에 우리나라 군인이 가서 싸워야 했고 또 그렇게 목숨까지 바쳐야 했을까. 이인호 대위는 무엇 때문에 그 먼 나라에 가서 목숨 바쳐 싸워야 했을까.

베트남은 지역적으로 북으로 중국에 면해 있어 일찍부터 중국의 지배에서 자유롭지 못했으나 15세기부터 독립된 왕조로 뿌리를 내렸다. 역사적으로 베트남에 다시 비운의 그림자가 드리운 것은 19세기 프랑스의 식민정책에 희생되면서였다. 베트남에서는 20세기 들어 이 프랑스로부터 독립을 쟁취하려는 다양한 움직임이 있어 왔다. 이어 제2차 세계대전 당시 일본의 지배를 받게 되자 항일독립투쟁으로 이어졌다. 머지않아 일본이 패망하자 다시 프랑스가 베트남을 차지했는데 이 무렵 크게 성장해 있던 독립운동 세력이 프랑스를 상대로 대대적인 저항을 하기 시작했다. 이때 프랑스와 싸운 전쟁을 제1차 베트남 전쟁이라 일컫는다.

베트남은 이 전쟁에서 승리해 프랑스를 몰아내는 데 성공한다. 하지만 제2차 세계대전 이후 전개된 세계사의 냉전체제는 다시

금 베트남을 전쟁의 도가니로 몰아넣었다. 프랑스로부터 완전 독립을 쟁취한 베트남은 공산주의 체제로 나라를 이끌려 했다. 그런데 그 독립 쟁취 과정에 강대국 간에 있었던 제네바 협정의 결과로 남부 베트남에 '반공주의' 체제가 들어서게 되었다. 이 남부 베트남의 체제는 미국의 힘으로 지탱되고 있었다. 세계사의 냉전체제가 이 베트남에서의 남북 대치로 그 모양새를 드러낸 상황이었다. 결국 미국이 실질적으로 지배한 남베트남과 기존 토착적인 독립운동 세력이 공산주의 체제를 구축한 북베트남 사이에 전쟁이 일어나는데 이것을 제2차 베트남 전쟁이라 한다.

우리나라가 군사를 파견한 것은 바로 이 제2차 베트남 전쟁 때다. 전쟁 당사국인 미국이 우리 군대의 파병을 요청했고, 우리는 그 요청에 응해 1964년부터 1973년까지 8년 6개월 간 32만 명의 군인을 파견했다. 이 중 사망자가 5천여 명, 부상자가 만천여 명이었고, 전쟁이 끝나고 오랜 뒤 15만 명 이상이 고엽제 피해 등 후유증을 앓아야 했다.

파견 당시 이를 반대하는 의견도 만만치 않았다. 그러나 우리 한국은 반공체제를 굳건히 하고 있었고 그 반대의 목소리는 크게 들리지 않았다. 우리 군대가 베트남 전쟁에 파견하게 된 명분은 크게 두 가지로 요약될 수 있다.

우리나라는 6·25전쟁 이후 안보와 경제면에서 미국의 도움을 많이 받았다. 그런 미국을 도와주면 우선 군사적으로 더욱 돈독

한 동맹관계를 이루어 남북 대치 상황에서 북한을 압도할 수 있었다. 당시 국제사회에서 한 나라가 공산화되면 그 이웃나라도 공산화될 가능성이 커진다는 도미노 이론이 크게 설득력을 얻고 있었다. 우리 군의 참전은 바로 그 도미노 이론에 맞닿은 실천이라고 할 수 있었다. 즉, 베트남이 공산화되면 한국도 공산화를 피하지 못한다는 위기론이 한국의 베트남전 파견에 대한 논리적 근거였다.

또 하나는, 우리가 군사를 파견하는 대가로 미국이 우리에 막대한 경제 원조를 약속했다는 사실이었다. 당시 군인으로 베트남전에 참전하면 일반 군인에 비교되지 않을 만큼 많은 보수가 지급되는 것은 물론이고, 국가에도 그 못지않은 원조가 이루어졌다. 1960~70년대 우리나라의 급진적인 경제 개발의 이면에는 한국군의 베트남전 참전으로 받은 경제 원조가 자리한다고 할 수 있다. 즉, 이인호 대위와 같은 참전 용사의 희생이 한국의 안보 유지와 경제 개발의 밑거름이 되었던 것이다.

3. 개인의 희생으로 가정과 나라를 빛내다

이인호 대위는 1931년 경북 청도에서 농부 집안의 5남매 중 맏아들로 태어났다. 넉넉하지 않은 살림이라 남매들이 모두 학교에 다니기는 어려운 실정이었다. 다른 형제들은 맏이인 이인호가 학업을 계속할 수 있게 학교를 떠고 차례로 일터로 나갔다. 중학교 3학년이던 이인호는 자신과 가족의 미래를 생각하며 이렇게 썼다.

우주는 크고 대지는 넓다.
태양 또한 웅대하다.
나는 영원히 빛나는 인류의 태양이 되고 싶다.

대구에서 대륜고등학교를 다니면서 그는 법대로 진학해 장차 '인류의 태양'이 될 꿈을 키워 나갔다. 그런 그에게 뜻밖에 큰 시련이 닥쳐왔다.

청도는 감으로 유명한 고을이었다. 이인호의 집에도 감나무 네 그루가 있었다. 행상을 나가던 어머니는 가을이 오면 감나무에서 열린 감을 내다 팔아 이인호의 학비에 보탰다. 그 해 가을, 어머니는 감을 팔러 가기 위해 기차에 올랐다. 빽빽한 승객들 틈에 섰다가 그만 떠밀려 기차에서 떨어지고 말았다. 어머니는 그렇게 비명횡사하셨다.

충격을 받은 인호는 서울대에 합격하고도 진로를 바꾸어 해군사관학교로 진학했다. 한시바삐 자립을 하고 돈을 벌어 집안도 돌보면서 '인류의 태양'으로 성장하기 위함이었다. 해사 생도 시절 그는 우직하게 학업에 열중했다. 체력이 뛰어나 운동도 잘했고 특히 럭비와 마라톤에서 타에 추종을 불허할 정도의 능력을 발휘했다고 한다. 동료들이 다 피하는 화장실 청소 당번이 돌아가도 한겨울에도 짜증내는 일 한번 없었다.

중대장 생도로 이인호를 이끌었던 2년 선배 김희욱은 그의 우직한 성품을 재미있게 전해준다. 어느 밤 훈육관이 '비상'을 걸어 생도들의 품행을 점검한 적이 있었다. 생도들은 반드시 금연을 해야 했는데 이인호의 호주머니에서 담뱃가루가 나왔다. 훈육관은 이인호에게 호된 기합으로 '흡연'을 자백받으려 했다. 그러나 이인호는 기합을 받으면서도 담배를 피운다는 사실을 인정하지 않았다. 알고 보니 훈육관이 다른 사람 옷을 이인호 생도의 것으로 알았던 것이다. 그런데도 이인호는 이튿날 아침 훈육관을 탓하지 않고 자신의 잘못이라며 보고서를 제출했다는 것이다.

해사 11기로 졸업하고 해병 소위로 임관한 이인호는 낙도의 해병소대 소대장을 거치고 훈련이 혹독하기로 소문난 미 해군상륙전학교를 수료하면서 명실공히 해병의 중추적인 인물로 성장해 간다. 한편으로는 알뜰하게 돈을 모아 맏이 역할을 하는 것도 잊지 않았다. 결혼을 하고 자녀까지 두면서 가장의 역할도 톡톡히 해냈다.

그는 가부장제 전통 사회에서 훌륭한 맏이로 성장했고, 새로운 가정을 꾸미며 든든한 가장으로 살아 냈다. 그러나 그가 해병이 된 것은 그 자신의 집안과 가정을 지키기 위한 것만은 아니었다. 그는 비록 가정 형편상 어릴 때 꿈이던 법학도의 길은 걷지 못했지만, 국가가 주는 돈으로 정신과 육체를 다져 국가의 이익을 위해 몸 바치는 길을 택했다. 그가 수색중대장을 거쳐 베트남에 파견된 것은 1965년이었다.

작전 수행 중에 자신의 몸을 바쳐 부하들을 구한 그의 희생정신은 당시 우리 군에 큰 귀감이 되었다. 국가는 그를 대위에서 소령으로 1계급 특진시키고, 태극무공훈장 등을 추서했다. 넓은 대지와 큰 우주 가운데 그는 꺼지지 않은 태양으로 우리 가슴에 남아 있다.

이인호 연보

1931년(1세) 7월 2일, 경북 청도군 청도읍 고수동 출생.

1948년(18세) 대륜중학교 입학.

1951년(21세) 대륜중학교 제7회 졸업.

1953년(23세) 대구 대륜고등학교 2회 졸업. 해군사관학교 입학.

1957년(27세) 해군사관학교 제11기 졸업. 해병 소위 임관.

1959년(29세) 미 해군 상륙전학교 수료.

1960년(30세) 미 해병대 상륙전 부대 훈련 과정 이수.

1964년(34세) 육군 공수특전단 공수특전교육 수료 및 수중 폭파훈련 과정 이수. 해병 제1상륙사단 수색 중대장으로 보직. 해병대 제2여단 작전보좌관.

1966년(36세) 해병대 청룡부대 제3대대 정보참모로 베트남전 참전. 뚜이호아 해풍작전 중 부하를 구하기 위해 적의 수류탄을 품에 안고 전사. 화랑무공훈장, 태극무공훈장, 소령 1계급 특진. 대륜고등학교 교정에 기념비 건립. 미국 대통령 린든 B. 존슨으로부터 직접 은성무 공훈장 추서.

1967년 충무회 및 해군 장교와 진해 시민의 성금을 모아 해군사관학 교에 동상 건립.

1977년 '인호제'라는 이름으로 추모제 진행. 해사 생도 및 해군 해병 장교 중 타의 귀감이 되고 희생정신 투철한 장교 7명에 '인호상' 수여.

흔적 없는
시인의 꿈

시인
어무적

1. 도끼질 소리

어무적(魚無迹)은 가던 길을 멈추고 사람들이 웅성거리고 서 있는 어느 집 앞을 기웃거렸다. 그 집 쪽에서 쩡쩡, 하는 도끼질 소리가 났다.

대체 무얼 하는 걸까?

사람들 사이를 헤치고 보니 도끼질하는 사내를 아내인 듯한 여자가 울며 붙잡고 있었다. 그 옆에는 어린 자녀들이 울고 섰다. 마을 사람들은 구경만 할 뿐 뭐라 간섭도 하지 않는다.

사내는 다시 도끼를 집어 들었다.

"아니 멀쩡한 매화나무를 왜 도끼를 찍지?"

어무적은 사내가 하는 행동을 이해할 수 없었다. 사내는 자기 집 튼실한 매화나무를 도끼로 찍어 쓰러뜨리고 있었던 것이다.

"왜 찍긴, 이 사람 아무것도 모르는군 그래."

옆에 서 있는 마을 노인이 누군가를 비아냥거리는 듯한 말투로 대꾸해 주었다. 어무적이 영문을 몰라 하자 노인은 다시 투덜거린다.

"아전이란 작자가 말이야, 이제 세금을 걷어들일 게 없으니까 매화나무에 세금을 매겨 버린 거야. 낼 세금이 없으니 방법이 없지 않나, 세금을 안 내려면 매화나무를 베어내 버릴 수밖에."

어무적은 맥이 풀려버렸다. 새 현감이 온 지 채 한 달도 안 된 때였다. 처음에 민심을 살핀다고 매일 말을 타고 나가 관내 지역을 두루 살피는 부지런을 떨더니 그게 다 세금을 더 많이 걷기 위한 수작이었던 것이다.

어무적은 서얼 처지라 더 이상 벼슬길에 나설 수 없는 신분이었다. 그러나 말 그대로 백성을 위한 정치가 가능하다고 믿고 싶었다. 새로 사또가 부임해 올 때마다 언제나 설레는 마음으로 맞아들이곤 했다. 하지만 그 기대는 번번이 배반으로 무너졌다. 오는 사또마다 더 많은 세를 거두어 떵떵거리며 호화판으로 지내는 한편으로 도성의 명문 세도가한테 공물을 잘 올려 보내 높은 자리로 이직하는 데만 열을 올렸다. 백성의 고혈을 짜는 방식도 다양했다. 그래도 그냥 두면 꽃이나 피우고 잘 해서 약재로 쓸 매실이나 건질 뿐인 매화나무에까지 세금을 매기는 '고혈 짜기'는 정말 처음이었다.

어무적은 분노와 한탄이 어우러지는 감정을 주체할 수 없었다. 한때 율려습독관이라는 말단 관직으로 임금(연산군)에게 백성이 겪는 어려움을 낱낱이 상소로 고해 올렸다가 관아에 끌려가 혼쭐이 난 적이 있었다. 그 뒤로는 글 쓰는 일이 두려워 애써 참아 왔다. 그러나 이번에는 다시 솟구치는 붓 욕심을 막지 못했다.

2. 〈작매부〉의 탄생

매화나무를 도끼로 찍어 잘라내는 노래, 이름하여 〈작매부(斫梅賦)〉는 이렇게 탄생된다.

> 세상에 향기가 나는 관리는 없다.
> 뱀이나 호랑이 같은 잔인한 법만 휘두른다.
> 참혹함은 이미 숨어 사는 꿩에 이르고
> 정치는 뿔 없는 양들에게 더욱 참혹하다.
> 백성이 한 사발 밥에 배부르면

관리는 군침을 흘리며 분노한다.

백성이 한 번 솜옷으로 따뜻하면

아전은 팔을 걷어붙이고 살을 벗긴다.

내 향기는 들판에 굶어죽은 영혼을 덮고

꽃잎은 떠도는 백성의 백골에 뿌려진다.

지금 눈앞이 이러한데 초췌함을 읊은들 무엇하리!

어찌 하나,

농부들이 도끼날에 치욕을 당하고 있구나!

바람도 매섭고 달빛도 괴로우니

누가 단장의 영혼을 불러주나.

황금 같은 열매는 아전의 창고에 흘러넘친다.

낱알의 수를 늘려 곱절로 징수하니

반항하면 바로 채찍으로 얻어맞는다.

아내는 원망하여 낮에 울부짖고

아이들은 울며 밤을 지새운다.

이것이 모두 매실 때문이라니,

매실이 아주 좋은 물건이 되었구나.

남산에 가죽나무 북산에 상수리나무

관원도 아전도 돌아보지 않는구나.

매화는 도리어 없는 것만도 못하니

어찌 잘라버리지 않을 것이냐.

시인 어무적

어무적은 김해 관비의 아들이다. 할아버지는 어변문, 아버지는 사직 직책을 지낸 어효량으로 알려져 있다. 어릴 때부터 어문에 소질이 있는 데다 아버지의 덕을 보아 관노 신세를 면하고 살면서 미관 말직인 율려습독관이라는 벼슬을 얻었다. 하지만 과거에는 나갈 수 없어 높은 관직은 꿈도 꾸지 못했다.

어무적은 관아에 돌아다니는 지필묵을 주워 혼자서 시를 쓰고 그림을 그리는 걸 취미로 살았다. 되도록 마음속 깊은 얘기는 글로도 말로도 드러내지 않으려 했다. 그동안 써온 시편들은 세상에 내놓지 않고 혼자 간직해 두었다. 더 이상 꿈꿀 세상이 아니었던 것이다. 그러나 그런 어무적을 결국 매화 찍는 도끼소리가 움직이게 하고 만 것이다. 탐관오리의 가혹한 세금 착취가 한 농부의 '작매'를 낳았고, 그리고 어무적의 명시 '작매부'를 낳았다.

이야기는 여기서 끝이 아니다. 어무적의 시 〈작매부〉는 글줄깨나 읽는 사람들 사이에 널리 퍼져 나가기 시작했다. 이를 두고 '명편의 부로다!' 하고 감탄하기만 할 수 있는 사람은 그나마 마음의 여유가 있는 선비들이었다. 문제는 '이거 참 좋은 글이구나' 하고 글을 읽다가는 마침내 '이건 바로 내 얘기구나' 하고 깨닫고 얼굴이 화끈 달아오르는 사람들이 있다는 데 있었다. 관아의 아전이 그랬고 현감이 그랬으며 그들에게 아부해 이를 취하고 있던 토호들이 그러했다. 그들의 창고는 황금의 매실로 가득차 있었던 것이다.

"작매부라는 글을 쓴 놈을 당장 잡아 오너라!"

마침내 김해 현감의 입에서 불호령이 떨어지고 말았다.

어무적은 졸지에 죄인 신분이 되었다. 잡혀간다면 현감이나 아전에게 당당히 해줄 말도 많았다. 그런 사람들 정도는 충분히 설복할 만한 언변과 논리가 어무적에게 있었다. 문초를 당할 육체도 어느 정도 당당했다. 그러나 도가 땅에 떨어진 이 세상에 그런 떳떳함이 다 무엇이랴 싶었다. 어무적은 결국 도망가는 길을 택했다.

그리고 이 뒤에 벌어진 어무적의 사연은 체포령을 피해 도망다닌 이후 어느 역사에서 죽음을 맞았다는 소문 외에 전해지는 게 없다. 그러나 그렇다고 그 사연을 짐작 못할 바도 아니다. 우리는 상상력을 펼쳐 어무적의 이후 행적을 따라가 본다.

'작매부'를 쓴 것으로 현감의 체포령을 당한 어무적은 고향을 떠나 이 고을 저 고을 돌아다닌다. 가진 돈도 다 떨어지니 그냥 굶어죽는 도리밖에 없었다. 어쩔 수 없이 토호들 집에서 며칠씩 식객 노릇을 하면서 글도 써주고 그림도 그려주는 걸로 연명했다. 적당한 수준이면 되었으나 그게 또 그렇게 되어지지 않았다. 원하지 않은 일이었지만 어무적의 이름은 점점 높아져 갔다. 어무적은 이름도 갈고 변색도 하면서 세상을 주유했다.

더 큰 문제는 바로 그 세상이었다. 가는 곳마다 탐관오리가 그득했다. 가혹한 착취는 어디나 있었다. 매화나무 찍는 도끼 소리도 자주 들렸다. 그 소리는 어무적의 마음 깊은 곳에서도 우러났다. 어무적은 또다시 붓을 잡았다. 김해에서 쓴 작매부는 어무적이 머무는 고을에 맞게 개작되었고, 글씨 외에 그림까지 자주 곁들여졌다.

3. 서얼에서 조선의 시인으로

〈작매부〉는 이제 단순히 한 서얼 문사의 한 편 작품에 머물지 않았다. 한 장 한 장 고가로 판매되는 문화상품이었다. 어떤 사람은 노래로 만들어 불렀고, 어떤 광대패는 공연물로 제작했다. 마을 사람들이 모이는 곳마다 변형된 '작매부'가 넘쳐났다.

> 쿵, 쿵, 쿵, 쿵
> 나는 오늘 우리집
> 매화나무를 찍어 쓰러뜨리네.

> 쿵, 쿵, 쿵, 쿵
> 어릴 때 봄 가뭄에 초가삼간 다 탈 때
> 간신히 뿌리를 남겨 다시 자란 매화나무.

쿵, 쿵, 쿵, 쿵
숨어 사는 꿩처럼 소리 낮춘 우리 식구
향기 그득 피우던 매화나무를 쓰러뜨리네.

쿵, 쿵, 쿵, 쿵
뿔 없는 양처럼 고개 숙인 우리 식구
시원한 그늘을 드리우던 매화나무를 쓰러뜨리네.

쿵, 쿵, 쿵, 쿵
남산에 가죽나무 북산에 상수리나무
관원도 아전도 돌아보지 않고

쿵, 쿵, 쿵, 쿵
나는 오늘 우리집
매화나무를 찍어 쓰러뜨리네.

새로운 작매부를 접한 사또나 아전들은 치를 떨었다.
"이 작매부는 웬 놈의 짓이냐! 이놈을 잡아 오렷다!"
고을마다 어무적을 잡으라는 방이 붙었다. 어무적은 갈 곳이
없어졌다. 이곳저곳 헤매던 어무적은 어느 날부터 자취를 감추었
다. 어무적은 언제 어디서 죽었는지 정확히 알려져 있지 않다. 어

무적은 그렇게 사라졌다.

　그러나 놀랍게도 어무적이 남긴 여러 편의 작품이 오늘날 남아 있다. 중종 때 이미 〈속동문선(續東文選)〉에 시가 실렸다. 또한 우리나라 최초의 한글소설 〈홍길동전〉을 남긴 허균도 〈국조시산(國朝詩刪)〉에 어무적의 시를 여러 편 실었다. 이때 흉년이 들어 못살게 된 백성의 탄식을 노래한 어무적의 〈유민탄(流民歎)〉을 조선 전기의 최대 걸작이라 평하기도 했다. 허균이 엮은 책은 중국에까지 전해져 어무적 역시 중국에서도 인정하는 조선의 시인으로 기록된다.

*이 글에는 〈작매부〉의 노래 등 일부 가상으로 창작한 부분이 있습니다.

어무적 연보

생몰년 미상. 사대부를 지낸 효량(孝良)과 관비(官婢) 출신의 어머니 사이에서 태어남. 본관은 함종(咸從). 자는 잠부(潛夫), 호는 낭선(浪仙). 어세겸(世謙)과 어세공(世恭)과 재종형제. 어머니의 신분을 따라 관노의 신분이었다가 면천을 한 것으로 보임. 어릴 적부터 한문 수학, 시에 재능을 보이다가 율려습독관(律呂習讀常)이라는 말직도 얻었으나 서얼의 한계로 물러난 것으로 여겨짐.

《조선왕조실록》 연산군 7년 신유(辛酉) 7월 을해조(乙亥條)에 백성의 궁핍함을 알리기 위해 올린 상소가 등재돼 있음. 관아에서 매화나무에도 세금을 부과하는 짓을 보고 〈작매부(斫梅賦)〉라는 시를 지음. 이 일로 현감의 체포령이 내려져 쫓기는 신세가 됨. 정처 없는 유랑 생활 중 어느 역사(驛舍)에서 객사함. 《속동문선》과 《국조시산》에 〈유민탄(流民嘆)〉·〈신력란(新曆嘆)〉 등이 수록되고 이것이 중국에 알려져 《명시종(明詩綜)》에 기재됨.

세상의
빈 곳을 채우는 삶

승려
사명대사

1. 한 나라의 안위가 한 승려에 달려

묘당(廟堂)에 세 정승이 있다 말하지 말라,
나라의 안위는 한 승려에 달렸노라.

1604년(선조 37년) 한 선비가 쓴 시의 한 대목이다. 쉽게 풀이
하면 '나라의 조정에 정승이 셋이나 있는데 그들은 나라가 위태
로운 데도 아무런 힘을 발휘하지 못하고 있고 오직 승려 한 사람
이 나라를 책임지게 되었다'라는 뜻이 된다.

우리 조선은 1592년(선조 25년) 일본의 침략을 받아 전 국토가 유린당하는 참상을 겪는다. 이 왜란은 중간에 휴지기가 있기는 했지만 1597년 재침당한 정유재란을 포함해 1598년까지 총 7년 동안 전개되었다. 1604년이면 왜란이 끝난 지 7년이 지난 뒤였다. 국토는 한창 재건중이었지만 임금도 그때껏 왕족 후손이 살던 집을 임시 궁궐로 쓰고 있을 정도로 전란의 후유증은 컸다.

이런 상황에서 전쟁이 끝난 이듬해부터 일본이 대마도 도주를 움직여 문호 개방을 요구해 오고 있었다. 일본에서도 특히 대마도는 지리적으로 봐서나 산업의 구조로 봐서 조선과의 교역 없이는 생존이 불가능했다. 대마도 도주는 사신을 통해 왜란 때 끌고 간 포로를 수백 명씩 돌려 보내주면서 끈질기게 교역 재개를 요청했다. 조정에서는 거듭 '불가(不可)'로 맞섰지만, 그런 만큼 불안이 커져 갔다.

조정의 고민은 이러했다. 바로 몇 해 전 조선에 전대미문의 손실을 안긴 침략국 일본과 다시 교역을 한다는 것 자체가 용납할 수 없는 굴욕이었다. 또 문호를 열어 주어 손쉽게 재침을 당할 수도 있었다. 하지만 무작정 문을 닫고 있으면 일본의 동태를 살피기가 그만큼 어려워진다. 조선과 교역을 못해 살림이 어렵게 된 대마도가 고려 말과 조선 초처럼 왜구를 내세워 해안 도시를 노략질해 국토를 침탈할 가능성도 컸다. 교역하지 않는 이웃을 옆에 둔다는 것 그 자체로 위험한 일이기도 했다.

조선 조정은 이러지도 못하고 저러지도 못하는, 말 그대로 진퇴양난(進退兩難)에 빠져 있었다. 교역 재개를 기정사실로 하더라도 과연 일본이 조선에 재침할 의사가 없고 진정으로 화친할 뜻이 있는가를 파악하는 일이 급선무였다. 누가 일본에 가서 그런 정탐을 해 올 것인가. 조정 대신 중에는 누구 하나 그런 위험한 일에 나서려 하지 않았다. 또한 어떤 사람을 천거하기도 쉽지 않았다. 그때 모두의 뜻으로 선발된 이가 바로 사명대사 송운(四溟大師 松雲)이었다.

1544년(중종 39년)에 태어난 사명대사의 나이가 이때 예순하나였다. 400여 년 전, 지금 시대에도 노년이라 할 그런 나이로 배를 타고 적국이라 할 수 있는 일본에 가서 막중한 외교의 임무를 수행하고 온다는 걸 그 누가 상상했으랴. 게다가 숭유억불로 불교를 배척해온 유학의 나라 조선이 아닌가.

종묘사직을 지키는 정승이 셋이나 있다 한들 사명대사와 같은 승려 한 사람에 비길 수 없다는 탄식이 나온 것은 그래서였다. 그러나 이들의 조정에는 진정으로 필요한 사람을 알아보고 그 사람에게 국운을 맡기겠다는 의지는 남아 있었다. 당시 사명대사를 외교 사절로 선택한 것이야말로 묘책 중의 묘책이었던 것이다.

2. 아주 다른 개념의 구국 영웅

사명대사는 도대체 어떤 인물이기에 나라에서는 그토록 미묘하고도 어려운 외교 문제를 해결할 사람으로 선발되었을까?

밀양에서 태어난 사명대사는 10대 중반에 김천 직지사로 출가해 수행에 매진했다. 21세 때 선과에 합격하고 30대 때 직지사 주지를 지냈다. 이어 당시 조선 불교계의 맹주인 서산대사(西山大師) 휴정의 제자가 되면서 장차 불가의 법통을 이을 중심인물이 되었다. 이런 그의 운명을 바꾼 것이 임진왜란이었다. 왜란 초기 서울을 빼앗긴 선조는 평양도 내주고 의주로 밀려나게 되었다. 이때 선조에게 도총섭의 지위를 하사받은 서산대사는 지체 없이 승군 총동원령을 내렸다. 강원도 동해안 사천의 건봉사에 머물던 사명대사는 금강산을 중심으로 승군을 일으켜 평양 쪽으로 나아갔다. 이때부터 그는 산중에서 수도하는 승려에서 구국의 선봉에 선 의승장으로 거듭나게 되었다.

임진왜란의 영웅을 꼽으라면 흔히 이순신을 꼽는다. 또 행주산성에서 적을 크게 물리친 권율, 평양성 탈환에 큰 공을 세운 김응서, 진주성의 충신 김시민 등이나 아니면 조헌, 김덕령, 정기룡, 곽재우 등의 의병장을 말한다. 물론 이들이 우리나라를 지킨 영웅들이다. 또 창이나 칼로 또는 그런 무기 없이 온몸으로 왜군과 맞싸운 이름 없는 무수한 병사와 백성이 다 영웅이라 할 수 있다. 이런 중에 사명대사의 공은 아주 독특하고도 혁혁하다 할 수 있다.

사명대사의 공적은 임진왜란 때 나라를 왜군에게 완전히 내줄 상황에서 역전의 발판이 된 평양성 탈환에서부터 본격적으로 시작된다. 명나라에서 원군을 이끌고 온 장수 이여송은 조선 관군과 의승군 등과 힘을 합해 탈환에 성공한 다음 의승장 사명대사에 대해 다음과 같이 찬사를 보냈다.

— 나라 위해 적을 토벌하는 충성이 하늘을 뚫으니, 우러러 경앙하는 마음을 이기지 못하겠습니다.

어느 기록에는 사명대사의 승병들이 이 탈환을 성공으로 이끌면서 한 사람도 전사하지 않고 왜군 수천여 급을 베었다고 적었을 정도였다.

이후 사명대사는 왜군이 한양으로 물러날 때까지 관군과 함께 손발을 맞추며 공세를 늦추지 않았다. 왜란 당시 수도 탈환의 계기가 된 두 전투를 행주산성과 수락산에서 있은 대첩을 꼽는다. 사명대사는 이 중 수락산대첩에서 혁혁한 공을 세운다. 그러자 선조는 사명대사에게 선교종판사(禪敎宗判事)라는 당상관 지위를 하사하며 전국의 승려를 통솔할 수 있는 권한을 부여한다.

이후 서울에 입성한 사명대사가 왜란이 종결될 때까지 이룬 공적은 장기화된 전쟁에 수시로 참전해 승전고를 울리는 정도에 그치지 않았다. 특히 두 가지 대목에서 그는 누구도 해내지 못하는 성과를 올렸다.

그는 우선 전국의 사찰을 중심으로 군량비 비축, 병기제조, 군사 훈련 등으로 보급과 대비에 힘을 썼다. 덕분에 실제 우리 군의 상황이 그만큼 호전된 것은 말할 것도 없다. 이 점 관군이나 다른 의병의 지휘관들이 쉽게 흉내 내기 어려운 탁월한 리더쉽이었다.

또 하나는, 왜군 대표와 수시로 접촉해 우리 군의 전세를 유리하게 이끈 점이다. 초기 힘든 전투에 지친 왜군은 한편으로 휴전을 하기 위해 명나라와 몰래 회담을 진행하고 있었다. 이 회담의 주역은 왜란의 제1선봉 고시니 유키나가[小西行長]였다. 고니시와 라이벌 관계에 있던 제2선봉인 가토 기요마사[加藤清正]는 이에 대해 몹시 분개했다. 사명대사는 바로 이 가토 기요마사와 총 일곱 차례나 회담을 가진다. 그것도 가토가 머무는 왜성으로 들어가서다. 사명대사는 가토가 고시니와 극심한 라이벌 관계라는 점을 이용해 왜군의 정세와 이동 경로 등을 알아내고 이에 적절히 대비해 아군에게 상당한 이득을 가져다 주었다.

당시 사명대사가 가토 기요마사를 만난 얘기 중에 재미있게 전해오는 일화가 있다. 사명대사를 만난 가토가 "조선에 보배가 있소?" 하고 물었다. 사명대사는 "보배는 일본에 있소."라고 대답했다. 가토가 영문을 몰라 하자 사명대사는 "지금 조선은 그대 머리를 보배로 하고 있으니, 이는 일본에 있는 셈 아니오?"라고 답했다. 조선에 주둔한 왜장에 향한 서늘한 경고가 빛나는 스토리라 할 수 있다. 이처럼 사명대사는 적진에서 왜장을 만나서도 담력을 뽐낼 수 있는 사람이었다.

3. 한일 외교, 사명대사에게 배우자

이렇듯 전쟁과 외교의 실전에서 탁월한 성과를 낸 사명대사는 어쩌면 일본과의 새로운 외교를 위해 준비된 사람 같았다. 그가 부산에서 배를 타고 대마도로 건너간 것은 1604년 8월이었다. 그때 가장 두드러진 목적은 일본이 조선을 재침할 뜻이 있는지 없는지를 파악하는 일이었다. 나라를 완전히 앗길 위기를 간신히 극복한 조선은 다시 그와 같은 침략을 당하는 일을 상상으로도 겪어서는 곤란했다.

임진왜란의 후유증은 일본도 결코 작지 않았다. 임진왜란을 지휘한 도요토미 히데요시〔豊臣秀吉〕가 죽고 왜군이 조선에서 철수한 뒤부터 일본 정국에서 일어난 피비린내 나는 정권 쟁탈전은 그 무렵까지 완전히 끝나지 않은 채였다. 도쿠가와 이에야스〔德川家康〕가 정권을 잡았다 하나 도요토미의 잔존 세력이 여전히 남아 있어 안심할 수 없는 처지였다. 도쿠가와 이에야스로서는 정국 안정이 최우선이었고, 따라서 조선과도 친선관계를 유지하는 것이 최상이었다.

사명대사를 맞은 대마도 도주는 도쿄에 머물러 있던 도쿠가와 이에야스에게 파발을 보내 교토 회담을 성사시켰다. 사명대사는 그 해 말 배를 타고 일본 내해를 거쳐 당시까지 수도였던 교토에 입성했다. 두 사람의 회담은 이듬해 초 교토에서 두 차례 이루어졌다.

이 회담에서 얻은 성과는 다음 세 가지로 정리될 수 있다.

첫째, 일본이 조선을 침략하지 않는다는 약속을 받아냈다.

둘째, 임진왜란 때 조선에 침략해 성종 내외 능인 선릉을 헤친 범인을 잡아 왔다.

셋째, 임진왜란 때 잡아간 포로 3천 명을 연차적으로 송환시켰다.

사실 선조는 사명대사를 일본으로 보내면서 일본 정부에 보일 국서조차 들려주지 않았다. 실제로는 사명대사에게 위험한 교토에까지 가라고 명한 것도 아니었다. 다만 바란 것은 일본의 조선 재침 가능성을 제대로 탐정(探情)해 오라는 것이었다.

엄밀히 말하면 사명대사는 공식 국가 사신도 아니었던 셈이다. 그런데도 사명대사는 다만 대마도에 머물며 일본의 정세를 파악해 조정에 보고하는 정도에 그치지 않고, 스스로 일본의 최고 권력자를 만나서 재침 의사가 없다는 사실을 약속받았다. 나아가 억울하게 일본에 끌려가 노예나 다름없이 사는 포로 3천 명의 송환을 성사시켰다.

또, 조선 왕릉을 훼손한 범인을 잡아온 것도 큰 성과라 할 수 있었다. 전쟁 피해에 대한 배상을 요구할 수 없었던 당시 국제 관계에서 왕릉을 훼손한 침략자를 데려와 목을 침으로써 상징적으로나마 국가의 자존심을 세울 수 있었던 것이다. 이 모든 것이 당시 60대 초반의 노승 사명대사가 이룩한 놀라운 외교적 업적이었다.

사명대사는 참선 수행과 이타적인 실천에 모범을 보인 승려로 나라가 위기에 처하자 산중에 있지 않고 승려들을 거느리고 나와 기력과 지혜를 구국에 바쳤다. 한편으로 그는 부지런히 유학자들과 교유하면서 앎의 세계를 넓혀갔고, 또 그만큼 사교범위도 넓었다. 명재상 유성룡을 비롯해서 '홍길동전'을 쓴 천재 문인 허균과 그의 형 허봉 등과의 깊은 우애는 여러 기록에 잘 남아 있다. 또한 그가 일본으로 갈 때 이항복, 이덕형, 이수광, 이식, 이안눌 등이 그에게 건넨 송별시 등도 그와 문인들과의 깊은 관련을 증명해 준다. 이들과 교류한 많은 시문이 유묵으로 남아 오늘에 전해지고 있다.

명장으로, 고승으로, 유학에 조예가 깊은 문인인 사명대사가 왔다는 사실을 안 일본의 승려나 유학자, 관리를 비롯해 많은 사람들이 그에게 글과 그림을 받으려 했다. 그때의 유묵 역시 여러 점 남아 전해지고 있다. 그것은 조선과 일본의 평화적 외교 관계를 상징적으로 보여주는 뜻깊은 유물이자, 불교와 유교에 아울러 높은 경지에 다다른 사명대사의 정신과 기예를 보여주는 것이기도 하다. 바로 이 점이 또한 진정한 외교에 문화교류라는 측면을 뺄 수 없다는 사실을 증명하기도 한다.

사명대사의 일본 방문은 왜란의 정리를 통해 양국 간의 우애 회복의 발판을 마련한 성과이기도 했지만, 동시에 문화교류의 새로운 장을 열었다는 의미도 함께 지닌다. 우리 역사에서 한일교류 업적에서 가장 빛나는 것을 조선 후기의 '조선통신사'라 할 수 있는데, 임진왜란 이후 이것을 가능하게 한 사건이 바로 사명대사의 방일이었다.

우리나라에 사명대사를 기리는 장소로 가장 알려진 곳은 그의 고향 밀양에 있는 표충사다. 표충사는 절 이름 표충사(表忠寺)이기도 하고, 유교의 사당 표충사(表忠祠)이기도 하다. 이 말은 무슨 뜻인가 하면, 불교계에서도 성리학에서도 그의 삶과 정신을 높이 받들고 있다는 뜻이다.

사명대사는 일본에서 돌아와 되도록 산중에만 떠돌며 글쓰기와 참선으로 수양을 거듭하려 했다. 그러나 나라에서는 자주 그를 불러올리려 했다. 특히 1610년(광해군 10년) 여진 세력이 국경을 어지럽히자 또 사명대사를 불렀다. 왜란 때 전공이 대단한 승군을 다시 결집해 북방 수비를 맡기려는 의도였다. 그러나 사명대사는 그 부름에 응하지 못한다. 사명대사가 타계한 것은 그해 3월이었다.

사명대사 연보

1544년(1세) 10월 17일, 경상남도 밀양에서 풍천 임씨(豊川任氏) 수성(守成)의 아들로 출생. 속명은 응규(應奎). 자는 이환(離幻)으로 호는 사명당(四溟堂).

1556년(13세) 황여헌(黃汝獻) 밑에서 《맹자》를 배움.

1558년(15세) 어머니 사망.

1559년(16세) 아버지가 사망. 출가하여 김천 직지사(直指寺)에서 시묘살이 시작.

1561년(18세) 승과에 급제.

1575년(32세) 선종의 신임을 받아 봉은사(奉恩寺)의 주지로 추천되었으나 거절. 보현사(普賢寺)의 서산대사인 휴정(休靜)을 찾아가 선리(禪理)를 탐구.

1578년(35세) 팔공산, 금강산, 태백산 등을 다니면서 수양.

1586년(43세) 옥천산 상동암(上東庵)에서 불교의 진리를 깨달음.

1589년(46세) 정여립 역모사건에 연루되어 체포되었다가 무죄로 석방.

1592년(49세) 임진왜란 발발. 근왕문(勤王文)과 휴정(休靜)의 격문을 받고 의승병을 모집. 의승병을 이끌고 순안에서 휴정과 합류. 의승도대장(義僧都大將)이 되어 의승병들을 이끌고 왜군의 진입로를 차단하여 평양성 탈환의 커다란 공신이 됨.

1593년(50세) 명나라에서 온 구원군과 함께 평양성 탈환하는 데 힘을 써 공을 세움. 서울 부근의 삼각산 노원평과 우관동 전투에서도 커다란 공을 세움. 선조가 선교양종판사(禪敎兩宗判事)를 제수. 선조의 명으로 경상도 선종 총섭으로 임명.

1597년(54세) 정유재란이 일어나자 명나라 장수인 마귀와 함께 울산 왜성을 기습 공격.

1598년(55세) 명나라 장수 유정과 함께 순천왜성에까지 공격을 감행하여 공을 세움. 가선동지중추부사(架善同知中樞府事)에 오름.

1604년(61세) 선조의 명으로 왜와의 관계를 강화시키기 위한 역할의 사신으로 임명받음. 일본 교토 후시미 성에서 토쿠가야 이에야스를 만나 성공적인 외교에 성과를 올림.

1605년(62세) 일본으로 끌려간 3,000여 명의 백성을 송환케 함. 묘향산으로 들어가 휴정의 영전에 인사.

1610년(67세) 8월 26일, 가야산 해인사에서 결가부좌한 채 입적. 제자들이 홍제암(弘濟庵) 옆에 부도와 비를 세움.

1739년 왕명으로 경남 밀양의 표충사를 사명대사의 향사지로 삼음.

원한에서
초월로

시인
이달

1. 서출로 당시(唐詩)의 최고 경지에 오르다

이웃집 아이가 와서
대추를 따네.

노인이 나가
아이를 내쫓았지.

그 애가 돌아보며

노인한테 소리치네.

대추가 익을 때까지
살아 계시지도 못할 거면서.

隣家小兒來撲棗
老翁出門驅小兒
小兒還向老翁道
不及明年棗熟時

〈대추 따는 노래〔撲棗謠〕〉라는 7언시다. 해학 넘치는 이 시를 지은 이는 강원도 원주의 손곡(蓀谷) 마을에 오래 살아 호를 손곡으로 썼던 이달(李達, 1539~1612)이다. 조선 선조 때 이름을 알린 큰 시인으로 비슷한 시기 백광훈(1537~1582), 최경창(1539~1583)과 더불어 삼당 시인(三唐詩人) 즉, 당시(唐詩)를 잘 쓰는 세 시인 중 하나로 평가되었다.

조선의 한시는 고려 때부터 조선 중기에 이르기까지 송나라의 소동파를 지주로 한 송시(宋詩)가 주류를 이루었다. 그런데 이들 세 시인은 달랐다. 이들은 송시가 지니는 주지주의적 경향에 답답함을 느꼈다. 이성적이고 논리적인 정서보다는 인간의 자연발생적인 감정을 더 잘 표현하고 싶었다. 송시에 비해 그런 낭만주의 성향이 강한 쪽이 당시였다. 이들은 오랜 송시 시대에 당시를 되살려 놓아 문인 사회에 신선한 복고 바람을 일으켜 놓았다. 이 달은 이 중에서 가장 나중까지 남아 시의 꽃을 피운 시인이었다.

먼저 타계한 두 시인에 비해 그러나 이달의 신원은 오래도록 확실하게 드러나지 않고 있었다. 1980년대 들어서 출생지가 충청도 홍성이라는 것과 생몰연대가 밝혀졌다. 이달은 그만큼 비주류적인 삶을 살아야 했다. 조선에서는 출세할 길이 전혀 없는 서자로 태어나 평생을 불우하게 지냈다. 그나마 이달의 남긴 400편 정도의 시가 남아 전하고 있다는 사실을 우리 문화사의 천운이라 할 수 있다.

2. 슬픔의 정한에서 해학과 초월의 세계로

이달은 홍주 이씨(洪州李氏)로 이수함(李秀咸)과 홍성〔홍주〕 고을의 관기 사이에서 태어났다. 어린 시절부터 책을 가까이해 "읽지 않은 글이 없었다"고 할 정도였다. 한때 한리학관(漢吏學官)이라는 벼슬을 하기도 했지만 오래지 않아 그만 두었다.

당시의 대가가 된 이달이지만 처음 문학을 익히면서는 그 시기 대부분의 문인들처럼 당시가 아니라 송시로 시 쓰기의 원류로 삼았다.

그는 소동파의 시를 본받아서 그 뼛속까지 터득했고, 한번 붓을 들면 몇 백 편을 지었는데, 모두 아름답고 넉넉해서 읊을 만했다.

— 허균, 〈손곡산인전〉에서

뼛속까지 송시로 물들인 그의 시풍이 바뀌게 된 것은 시벗인 백광훈, 최경창 등과 함께 가르침을 받은 재상 박순의 충고 덕분이었다. 박순은 "소동파가 비록 호방하기는 하나 그 위에 당시가 있네."라고 충고하면서 이태백, 왕유, 맹호연 등 당 문학을 건네주었다. 그 이후 이달은 손곡에 은거하면서 당 시집만 읽었다. '밤을 낮 삼고, 무릎을 바닥에 붙인 세월'이 5년이었다. 어느 날 시를 쓰는데 그 시가 전과 달랐다. 그제서야 이달은 무릎을 쳤다.

"내 시어가 이리 맑고도 적절할 수 있는가! 옛 모습을 깨끗이 잊어버렸도다!"

이때가 1570년대 초반이었다. 이후 당시에 관한 한 이달의 수준은 시벗들인 백, 최보다 훨씬 앞서나간다. 제자 허균(1569~1618)의 말에 따르면 "그는 시를 지을 때 말 한마디까지도 갈았으며, 글자 하나까지도 닦았다. 또한 소리와 율까지도 알맞게 갈고닦았다. 법도에 맞지 않은 것이 있으면, 달이 가고 해가 가더라도 고치기를 계속했다. 이렇게 해서 열댓 편이 지어지면 그

제야 여러 시인들 앞에다 내어놓고 읊어 보였다."

　　시골집 젊은 아낙
　　저녁거리가 없어서
　　빗속에 보리 베어
　　숲속으로 돌아오네.
　　젖은 생나무로
　　불길도 못 피우고
　　문 안에 들어서니
　　어린애들 옷자락 잡고 우네.

　　田家少婦無夜食
　　雨中刈麥林中歸
　　生薪帶燃煙不起
　　入門兒子啼牽衣

　한 끼 때거리도 구하지 못하고 애들까지 굶겨야 하는 젊은 아낙을 지켜보는 시인의 심정이 절절한 시 〈예맥요〔刈麥謠〕〉다. 이 달은 가난과 전쟁, 그로부터 헤어지고 떠돌고 죽는 고통스런 현실에 서출로 가난하고 외롭게 살아온 자신의 심정을 투여했다. 그러고도 아픔과 슬픔을 풍자와 해학으로 극복하고 탈속과 해탈로 초월해 갔다. 허균은 스승의 시에 대해 이렇게 평하고 있다.

　　　손곡은 머리가 희어질 때까지 시만 읊었다네.
　　　백 편이 모두 무르녹아 유장경(劉長卿)의 아름다움에 이르렀네.
　　　사람들이 겉모습으로 그를 비웃고 손가락질하는데
　　　흐르는 강물을 그치게 할 수는 없는 일이지.

　　　蓀谷吟詩到白頭
　　　百篇穠麗近隨州
　　　今人肉眼難靑點
　　　豈廢江河萬古流

　이달은 특히 오언절구(五言絶句)의 명수였다. 허균 역시 오언절구로 쓴 시 〈절구(絶句)〉로 스승의 수준을 당나라에서 가장 이름난 오언절구의 시인 유장경에 비겼다. 이달은 용모가 단정치 않고 성품 또한 방탕했다. 세속의 예절을 따르지 않아 주변인들을 불편하게 했다. 관로도 막혀 있었고 재산도 없어 평생을 유리걸식하며 지냈다. 그랬으니 사람들로부터 소외되는 건 당연했다고 할 수 있다. 그러나 자연과 유적을 말하는 화술이 보통을 넘었다. 글씨 또한 능했다. 게다가 시에 대한 긍지는 하늘을 찔렀다. 이달의 시는 경탄과 질투의 대상이었다.

3. 스승 닮은 제자의 스승 기리기

서자로 태어난 이달의 문학이 삼당 시인으로, 나아가 그 시기 조선을 대표하는 한시로 남게 된 것은 물론 시가 출중했기 때문이지만, 실은 그걸 알아보고 시집으로 묶어 오늘에 남긴 제자 허균 덕분이라고 할 수 있다. 이는 뛰어난 제자 덕에 스승의 업적도 새삼 크게 평가되는 대표적인 사례라 할 수 있다.

그런데 이달과 허균의 관계를 그런 예로만 설명하기에는 아쉬운 점이 몇 가지 있다. 허균은 유성룡을 비롯해 당대의 뛰어난 유학자들에게 가르침을 받아 그 제자가 되었고, 형 허봉과 막역한 사이였던 승병장 사명당에게도 큰 가르침을 받았지만, 시문에 관한 한, 그리고 인간성에 관한 한 가장 가까운 자리에 모신 스승이 이달이었다.

허균의 집안은 아버지 허엽(1517~1580)으로부터 큰형 허성(1548~1612), 작은형 허봉(1551~1588)에 이르기까지 모두 '한문장' 하는 재사들이었다. 허봉은 시문에 능한 친구 이달을 청해 아우 허균의 스승으로 삼았다. 이달이 허균의 글을 봐 주는 날이면 주렴 뒤에 앉아 귀를 쫑긋 기울인 처녀가 있었으니 그가 바로 허균의 누나 허난설헌(1563~1589)이다. 이달은 허난설헌과 허균이라는 조선 최고의 문사를 가르친 스승이었다.

현실은 언제나 뛰어난 인재를 편하게 두지 않는다. 그 점에서 스승 이달과 제자 허균이 서로 닮았다. 허균은 짧은 한문소설을 5편을 오늘에 남기고 있는데 〈손곡산인전(蓀谷山人傳)〉은 바로 이달을 주인공으로 하고 있다. 손곡은 이달이 머문 강원도 원주의 한 지명으로 절로 이달의 호가 되었다. 이미 허봉, 허난설헌이 안타깝게 병사하자 각각의 시집을 만든 바 있는 허균은 이달이 죽자 남긴 시들을 모두 모아 6년 뒤(1608) 시집 〈손곡집〉(6권 307편)을 발행해 스승을 기린다. 허균은 그해 가을 역모 혐의로 능지처참된다. 손곡 이달의 시가 오늘에 남아 전하는 것은 스승과 제자로 만난 두 천재의 인연 덕분이다.

그뿐 아니다. 허균이 지은, 한국문학사의 가장 빛나는 업적의 하나인 최초의 한글소설 〈홍길동전〉은 바로 이 서출의 시인 이달의 삶과 한을 모티브로 하고 있다. 신분의 제한에서 한스런 삶을 살면서도 이를 문학으로 승화한 이달의 문학과 인생을 오늘에 되새겨 본다.

*이 글에 인용된 이달과 허균의 글은 모두 허경진 교수가 번역한 것을 바탕으로 읽기 편하게 다듬은 것입니다.

이달 연보

1539년(1세) 충청남도 홍성에서 양반이었던 아버지 이수함(秀咸)과 기생이었던 어머니 사이에서 출생. 뒷날 원주 손곡(蓀谷)에 오래 살아 호를 손곡이라 함. 서얼 출신으로 활동에 제약을 많이 받음. 한리학관(漢吏學官)으로 지냈으나, 마음이 어지러워 벼슬을 내려놓음. 잠깐 동안 접빈사의 종사관으로서 중국 사신을 맞는 일을 함.

1555년(17세) 유행에 따라 송시(宋詩)를 많이 익히고 정사룡(鄭士龍)에게서 두보의 시를 배우다가 나중에 당시의 대가가 됨. 백광훈, 최경창과 어울리며 시사(詩社)를 맺음. 이들을 삼당시인(三唐詩人)이라 함.

1572년(34세) 본격적으로 방랑생활 시작. 4년간 호남지방 여행. 북으로 올라와 금강산 유람. 양사언이 부사로 있던 관동지방 방랑.

1577년(39세) 최경창을 만나러 영광으로 내려감.

1578년(40세) 영광에 머물다 길을 떠남. 천안에 이르러 병이 남. 영성 군수였던 손여성이 병간호를 해줌. 백광훈을 만나 깊은 사이로 지내다가 함께 한양으로 올라옴.

1580년(42세) 봉은사를 중심으로 활동. 강원도 원주 손곡리에 살며 문우 허봉을 통해 허균과 허난설헌을 만나 시를 전수함.

1612년(64세) 평양에서 객사.

정신을 실상에 드러낸
명작의 높이

문인
김정희

1. 학(學)과 예(藝)가 하나로 정점을 이룰 때

조선 말기의 문인 추사 김정희(秋史 金正喜, 1786~1856)는 우리에게 '추사체'라는 독특한 글씨체와 〈세한도〉라는 국보를 남긴 예인으로 잘 알려져 있다. 상대적으로 덜 알려진 것이 학자로서의 높이다. 김정희는 조선의 유학과 청의 고증학을 융화해 경학·금석학·불교학 등 다방면에 걸쳐 학문체계를 새롭게 수립한 실학자로서 독보적인 존재였다.

김정희가 이처럼 학과 예에서 모두 절정 단계에 이르게 된 데는 여러 가지 이유가 있다. 우선 타고난 성정에 학문을 숭상하는 명문 집안에서 성장하면서 마음껏 책을 읽고 사물의 이치에 대해 충분히 골몰할 수 있었다. 또 성장 과정에서 당시로서는 선진적인 지식과 세계관을 보여주던 북학파를 가까이 하고 일찍부터 실사구시의 정신과 실천을 수용했다. 그 중에서 북학파의 대가로 청을 세 차례 다녀온 실학자 박제가에게 인정받아 16세 되던 해부터 제자가 되어 고증학을 배운 일이 큰 도움이 됐다. 여기에 24세 때 사신으로 청에 가는 아버지 김노경(金魯敬)의 자제군관으로 북경에 가서 5개월 동안 청의 내로라하는 신구 학자들과 교류를 시작해 자신의 실학을 공고히 할 수 있었다.

당시 청의 지식층은 한대(漢代)의 학문을 숭상하고 송과 명의 이학적 관념을 배제하는 전통이 여전히 강세를 보이고 있었는데 김정희가 만난 학자들은 이에 비해 한(漢)과 송(宋)을 절충하고 조화하는 관점을 유지했다. 그 대표적인 학자가 옹방강이다. 옹방강은 경학(經學)에 정통하고 문장·금석·서화·시에 밝은 신학문의 원로였다. 옹방강은 스물네 살 김정희보다 쉰세 살이나 더 많았지만 서로 필담하면서 친구가 됐다. 또한 마흔일곱 살의 완원이 설명하는 경세치용(經世致用)의 개념도 김정희에서 상당한 영감을 주었다. 김정희는 일생을 통해 청에 한 차례만 다녀온 거지만 이런 인연을 살려 청의 학자들과 죽을 때까지 교신하면서 자신의 실사구시로서의 인식체계를 굳건히 했다.

김정희는 "사실이 아닌 것을 일삼아 근거가 없는 공소(空疎)한 술수로 방편을 삼고 옳은 것을 구하지 않으면서 선입견으로 대상을 보는 학문은 성현의 도에 어긋난다"(《실사구시설》)고 경계하면서 실제를 통한 진리 탐구를 학문의 궁극적인 목표로 삼았다. 그 정신은 '實事求是 平實精詳'(실사구시 평실정상:실질적인 일에 나아가 옳음을 구하되 차분하고 섬세하게 정성을 다한다는 뜻)으로 요약되는바 김정희는 서책에 쓰인 것은 물론이고 옛 바위에 새겨진 글자 하나하나까지 세세하게 살펴 진정한 의미를 파악하는 '실증(實證)'의 자세를 유지하고 이를 체계화했다.

그 한 예가 바로 금석학(金石學)이다. 금석학은 금석에 새겨진 금석문의 실체를 통해 그 시대의 문화 전반을 탐구하는 학문으로 조선에서는 김정희 이전에는 뚜렷이 자리매김한 적이 없다. 김정희는 이 금석학에서 학과 예가 합일되는 지점을 찾아냈다. 바위에 새긴 글자의 사실의 탐구가 학이라면 그 글자가 드러낸 형체가 예라 할 수 있다. 김정희는 금석을 탐사해 당시까지 무학대사의 비석으로 알려진 북한산비를 신라 진흥왕의 순수비로 밝혀내는 쾌거를 올렸다. 김정희가 이름과는 별도로 쓴 호가 완당(阮堂), 추사(秋史) 등 500개가 넘는 까닭도 이름에 지니는 학과 예를 실천 과정이었다는 점으로 설명할 수 있다.

불경에 심취해 이른바 불교학이라는 단계로 나아간 것도 같은 이유다. 김정희는 백파(白坡), 초의(草衣) 등 승려들과 교유하면서 불교의 비현실성을 날카롭게 비판하면서도 그 원뜻은 충분히 새겨 받아들였다. 문집에 남아 있는 승려들과의 편지나 불교 관련 제사(題辭), 발문(跋文), 상량문(上樑文) 등에서 김정희의 실사구시적인 인식을 충분히 느낄 수 있다. 생전에 여러 절을 드나들었지만 특히 말년 수년 간은 봉은사(奉恩寺)에 기거하면서 선지식(善知識:바른 도리를 가르치는 사람)의 대접을 받기도 했다.

2. 가혹한 운명 속에서 피운 꽃

김정희는 조선조의 명문가인 경주 김문(慶州金門)에서 병조판서 김노경(金魯敬)과 기계 유씨(杞溪兪氏) 사이에서 맏아들로 태어나 아들이 없는 큰아버지 김노영(金魯永)의 양자가 되었다. 명문가인 데다 문중에 왕의 종친과 외척이 많아 어린 시절부터 주목받는 삶을 살아야 했다. 김정희 자신도 이에 부응해 스승 박제가로부터 '학과 예에서 한 경지를 이룰 것'이라는 칭찬을 받을 정도로 두각을 나타냈다. 23세 때 문과에 급제했을 때는 임금이 직접 치하하기도 했다. 젊은 날 암행어사 · 예조참의 · 설서 · 검교 · 대교 · 시강원 보덕을 지냈고 50대에 들어서 이조참판, 형조참판의 지위에 있는 등 벼슬살이도 아쉽지 않게 했다.

그러나 이런 지위나 권세는 김정희의 역량에 비하면 대단한 것이라 할 수 없다. 김정희의 학문은 한 차원 높은 데서 이루어지고 있을 뿐 아니라 그 자체로 진행중이어서 당시의 조선의 직위체제로는 이를 수용하기 어려웠다. 이 점에서 시대는 김정희에게 결코 호의적이지 않았던 셈이다. 생애의 운명은 이보다 더 가혹했다. 김정희는 23세 때 결혼 직후 부인 한산 이씨(韓山李氏)와 사별하는 아픔을 겪었다. 아버지 김노경이 윤상도의 옥사에 연루돼 유배되는 안타까움을 목도하기도 했고 자신 역시 그 옥사에 이어진 무고로 유배 생활을 오래 해야 했다.

김정희는 일생을 통해 두 차례 유배를 가는데, 그 처음 유배지가 55세 되던 조선 헌종 6년(1840년)부터 14년(1848년)까지 9년 동안 머문 제주도 대정(현 서귀포시 대정읍 위치)다. 유배간 이듬해 절친한 친구이자 든든한 후원자인 판서 김유근의 부음을 들었고, 그 이듬해는 부인(禮安 李氏)의 부음을 접한다. 절망과 우울이 번갈아 찾아들어 몸이 병들고 쇠하는 나날이었다. 김정희는 독서와 글씨로 견뎌 나갔지만 명문가의 고관으로 지내다 고개를 들어봐도 남쪽 바다뿐인, 먹는 것 자는 것 시간을 보낼 거리 등 모든 것이 열악한 곳에서 수년 세월을 보내야 했다.

이 무렵 김정희가 유배 가기 전에도 역관으로 다섯 차례나 중국을 드나들면서 귀중한 책을 자주 구해 주던 제자 이상적(李尙迪)이 유배간 뒤에도 변함없이 중국을 통해 구하기 힘든 책을 얻어 보내 준다. 특히 4권으로 된 《대운산방문고(大雲山房文藁)》 초

간본과 2집본, 120권 79책의 《황조경세문편(皇朝經世文編)》을 보내준 정성은 유배지의 김정희를 감동시키고도 남았다. 1844년 김정희는 그 고마움을 그림과 글씨에 담아 전하니 그것이 〈세한도〉다.

세로 23cm, 가로 108cm의 〈세한도〉는 텅빈 오두막집을 중심으로 바로 오른편에 소나무 두 그루가 서고 그 반대편에 잣나무로 보이는 나무 두 그루가 서 있는 황량하고 깡마른 분위기의 갈필(渴筆) 그림, 그리고 그 오른편에 '歲寒圖'라 밝힌 글씨, 그 왼편에 이상적에게 보내는 편지 형식의 글, 그 밖에 완당(阮堂), 정희(正喜), 추사(秋史) 등의 이름을 각각 새긴 인영(印影)들로 구성돼 있다.

동양에서는 전문 화가들이 그린 그림이나 민간에서 그린 그림 외에 선비들이 그린 그림을 '문인화(文人畵)'란 이름으로 특별히 주목해 왔다. 보통의 그림은 사물의 외양을 묘사하는 데 비해 문인화는 문인 자신의 마음을 반영하는 데 초점이 맞추어진다. 김정희는 오늘날 독창적인 글씨를 비롯해 다양한 그림과 인장을 남기고 있는데, 그가 그린 그림은 사물의 형상을 그대로 그린 것도 많지만 자기 마음을 묘사한 문인화들로 질과 양에서 풍성했다. 〈세한도〉는 집을 그리되 보통 집의 형상을 그린 게 아니고, 소나무와 잣나무를 그리되 그 기백이 표 나게 드러난 형상을 그린 작품이 아니다. 외양적 형상으로 치면 이게 무슨 대단한 그림일까

싶을 정도로 단순하고 엉성하기까지 하다. 특히 집의 모양은 원근법도 무시돼 있고 창도 큰 구멍처럼 보이기도 해서 고개를 갸웃하게 만든다.

〈세한도〉는 바로 그렇게 단순하고 엉성해 보이는 형상으로 마음을 비운 상태의 사물 그대로를 드러냈다고 평가된다(오주석). 그 마음의 형상에 '겨울이 되어서야 소나무와 잣나무가 시들지 않는다는 것을 안다〔歲寒然後知松栢之後凋〕'라는 글귀를 곁들여 특별한 의미를 강조했다. 이 말은 공자의 《논어》에서 따온 것으로 더 이상 기대할 바 없는 상태에 있는 자신에게 변치 않는 의리를 표해준 제자 이상적의 마음씀에 대한 기품 있는 화답 내용으로 인용돼 있다. 고립무원에서 언제 어떻게 될지 모르는 자신의 처지에서 스스로를 강직하게 붙들고 제자에 대한 간절한 마음을 전하는 명품이 탄생된 것이다.

3. 명품과 함께 길이 남는 이름

1844년 김정희에게 〈세한도〉를 받은 이상적은 이를 중국 북경으로 가져가 중국 문인들에게서 제영(題詠)을 받아 붙인다. 제영이란 제목을 달고 시를 짓는 것을 말한다. 김정희는 한 번 다녀간 북경에서 조선 최고의 학자로 명성이 자자했다. 이는 이미 죽은 옹방강이나 연로한 완원 등 김정희와 편지로 교신한 학자들이 후배 학자들에게 김정희의 존재를 알린 덕이다. 그 김정희가 유배지에서 그린 《세한도》를 본 중국 문사 13인이 시를 달아준 것이다. 이상적은 이를 〈세한도〉에 횡으로 이어 붙였다.

이상적이 소장하던 이 〈세한도〉는 이후 이상적의 제자인 역관 김병선, 그 아들 김준학 등 여러 사람의 손을 타게 된다. 이게 일제 강점기 때인 1943년 일본인 학자 후지스카 지카시의 손에 들어갔다가 폭격으로 그 집이 파괴되기 직전 서예가 손재형에게 넘어오는 과정이 한 편의 드라마처럼 펼쳐진다. 후지스카는 청대 동양 삼국의 문화 교류를 탐구하던 학자로 그 중에 김정희의 사상과 유품을 핵심에 두고 있었다. 2017년 현재 서화 연구가인 손창근의 집에 보존되고 있는 〈세한도〉에는 한국의 명사 정인보, 오세창이 쓴 것까지 포함해 총 20개의 제영이 붙었다.

한편 〈세한도〉는 전시장에서 구경하거나 역사시간이나 미술시간에 공부해야 하는 역사적 명작이라는 의미보다는 19세기부터 지금까지 우리의 삶과 더불어 새로운 스토리를 만들어 오고 있는 21세기적 문화의 실체라는 의미로 받아들일 때 전혀 새로운 의미의 문화콘텐츠가 된다. 오늘날 '동양문화'에 대한 관심이 세계적으로 커지고 있는 현실에 비출 때 〈세한도〉는 동양을 대표하는 선비문화의 상징적 실체로써 대표적인 문화콘텐츠가 될 수 있다. 〈세한도〉의 글과 그림, 글씨와 인영 등에 담긴 다채로운 의미, 그것들에 얽힌 여러 가지 사연 등도 역사나 문화예술에 대한 교육적 가치를 지니고 있는 것들이다. 〈세한도〉는 이런 까닭에 퀴즈, 시험 등 흥미를 끄는 요소를 가미한 '에듀테인먼트 콘텐츠'로도 손색없다.

조선인 학자가 그린 〈세한도〉는 청의 문인들 사이에 존숭의 대상이 되었고, 일본인 학자가 가져갔다가 다시 우리나라로 돌아오는 유전을 겪었다. 그런 점에서 이는 한, 중, 일의 역사 문화 교류사의 선도적인 자리에 서게 된다. 요즘 아시아를 넘어 여러 대륙에서 돌풍을 일으키고 한류의 맨 앞자리에 이를 놓아야 할 게 바로 〈세한도〉가 아닌가 싶다.

남은 기록으로는 김정희가 왜 9년간이나 유배 생활을 해야 했는지 이유가 뚜렷하지 않다. 추국의 내용이 자세히 기록돼 있는데도 죄가 진정 무엇이었는지 과연 그 죄가 9년 유배 생활을 할 만한 정도였는지 뚜렷하지 않다. 특별한 범죄가 없는 데도 다른 죄인들의 입에 오르내린 것만으로도 죄를 삼는 조선 지배체제의 명분주의가 결국 김정희를 옭아매었다고 할 수밖에 없다.

제주에서 9년을 보낸 김정희는 1848년 해배되었다가 3년 뒤인 1851년에 친구인 영의정 권돈인(權敦仁)의 일에 연루되어 함경도 북청으로 다시 유배되는 고통을 당한다. 1년여 만에 풀려나긴 해도 이미 환갑을 넘은 김정희에게 그건 가혹한 형벌이었다. 돌아와 보니 세상은 안동 김씨의 세도정치가 펼쳐져 있어서

복직은 불가능했다. 김정희는 아버지의 묘소가 있는 과천에 은거하면서 이웃들을 제자로 삼고 글씨와 서책을 친구로 삼아 학과예를 다듬고 불교의 선리를 궁구했다. 500개 넘은 호 중에서 과천에 사는 늙은이라는 의미 과로(果老), 과옹(果翁)이라는 호를 쓰게 된 시기가 바로 이때다.

김정희가 말년에 머문 과천은 2000년대 들어 김정희를 기리는 문화사업을 자주 하고 있는데 2006년 뜻밖의 낭보를 접한다. 바로 〈세한도〉를 지니고 있다 한국에 돌려준 후지스카 지카시 집에서 보관하고 있던 김정희 관련 글씨 150점을 기증하겠다는 거였다. 〈세한도〉를 비롯한 기왕의 명품들에 우리에게 사라진 많은 진품들이 새로 더해짐으로써 김정희의 이름은 더욱 빛나고 있다.

김정희 연보

1786년(1세) 6월 3일, 충남 예산 집에서 아버지 김노경(金魯敬)과 기계 유씨(杞溪兪氏)인 어머니 사이에서 장남으로 출생. 큰아버지 김노영(金魯永)의 양자가 됨. 평생을 두고 추사(秋史), 완당(阮堂) 등 많은 호를 지어 사용함.

1791년(6세) 월성위궁(月城尉宮)에 입춘첩(立春帖)을 써 붙인 걸 보고 박제가가 학예로 세상에 이름 날릴 인물이라는 것을 예언함. 뒷날 채제공(蔡濟恭)도 이것을 보고 같은 예언을 남김.

1808년(23세) 한산 이씨(韓山李氏)와 혼인하나 얼마 가지 않아 사별하고 예안 이씨(禮安李氏)를 새 아내로 맞음. 문과 급제.

1809년(24세) 생원시에 1등으로 합격. 김노경의 자제군관(子弟軍官)으로 동지겸사은사부사(冬至兼謝恩使副使)로서 연행(燕行)함.

1810년(25세) 북경에서 완원과 옹방강을 만나 사제의(師弟義)를 맺음.

1815년(30세) 섭지선(葉志詵)과 편지를 주고 받으며 친밀하게 지냄. 승려 초의(草衣)와 금난지교(金蘭之交)를 맺음.

1816년(31세) 《실사구시설(實事求是說)》펴냄. 김경연(金敬淵)과 북한산 순수비(北漢山巡狩碑) 발견.

1819년(34세) 식년시 병과로 급제. 세자시강원 설서와 예문관 검열 지냄. 삼사의 언관을 지냄. 효명세자를 가르침.

1823년(38세) 규장각 대교를 지냄.

1826년(41세) 충청우도 암행어사로 활동함.

1830년(45세) 생부 김노경이 윤상도의 옥사에 연루되어 고금도에 유배 후 풀려남.

1834년(49세) 조광진(曺匡振)과 편지를 주고받으며 친교를 맺음.

1836년(51세) 이조참판을 지냄.

1838년(53세) 성균관 대사성, 병조참판을 지냄. 부친상으로 관직에서 물러남.

1839년(54세) 형조참판 자리에 오름.

1840년(55세) 동지부사로 임명. 윤상도의 옥사에 연루돼 제주도로 유배됨.

1842년(57세) 부인 사망.

1844년(59세) 〈세한도〉를 그려 제자 이상적에게 줌.

1845년(60세) 이상적이 〈세한도〉를 중국으로 가지고 가 명사 16명에게 선보이고 제영(題詠)을 받음.

1848년(63세) 회갑. 제주도 유배지에서 돌아옴.

1849년(64세) 제자들에게 서화를 가르치고 품평함.

1851년(66세) 함경도 북청으로 유배.

1852년(67세) 북청 유배지에서 돌아와 과천에 은거생활.

1856년(69세) 사망.

1857년 제자 남병길(南秉吉)이 김정희의 서간문 모음집인 『완당척독(阮堂尺牘)』과 시집 『담연재시고(覃糧齋詩藁)』를 간행.

1868년 제자 남병길, 민규호가 문집 『완당집(阮堂集)』 간행.

1934년 동생 김상희와 현손 김익환이 『완당선생전집(阮堂先生全集)』 간행.

1948년 일본인 학자 후지스카 지카시에게 넘어가 있던 〈세한도〉를 손재형이 엄청난 공을 들여 한국으로 가져옴.

2002년 《완당 평전》(유홍준) 발간.

2006년 일본의 후지스카 지카시 아들이 추사 관련 글씨 150점을 과천에 기증. 추사 글씨 귀환전 개최.

2013년 추사박물관 개관.

어무적 선생께

밤이 깊습니다.

잠이 오지 않는데, 마음이 더욱 경건해질 때가 있으니 오늘이 바로 그런 때입니다. 그런 밤, 저는 어김없이 선생을 떠올립니다.

제가 선생을 알게 된 것은 1980년대 중반, 벌써 30년이 흘렀습니다. 사실, 이 세월 동안 선생께 특별히 편지까지 드릴 일은 없으리라 싶었는데, 그게 아니었네요.

제가 선생의 존재를 알게 된 것은 어느 한문학 교수의 책에서입니다. 그 책의 어느 한 편 글이 선생이 쓴 〈작매부(斫梅賦)〉라는 시를 정조 때 다산 정약용이 쓴 〈애절양(哀絕陽)〉에 견주며 설명하고 있었지요. 선생의 아버지는 조선 연산군 때 사직 벼슬을 한 어효량(魚孝良)으로, 김해 관비의 몸을 통해 선생을 낳았습니다. 〈작매부〉는 매화나무에까지 세금을 매기는 관원의 횡포를 못 견딘 어느 농부가 도끼로 자기 집 매화나무를 찍어 베어 버리는 광경을 목격하고 쓴 거고요. 〈작매부〉를 본 고을 군수가 마침내 선생을 잡아들이게 했는데, 선생은 그 길로 도망친 걸로 돼 있더군요. 그러고는 어느 역사(驛舍)에서 병들어 돌아가셨어요.

　이런 정도의 삶이라면 행적이 남아 특별히 후세에 전하기는 어려운 일일 테지요. 하지만 선생은 시인이었고, 그 시와 더불어 오늘에 남았습니다. 문제의 〈작매부〉를 비롯해 선생이 쓴 〈유민탄(流民嘆)〉〈신력란(新曆嘆)〉 같은 작품들이 조선시대를 대표하는 한문학으로 꼽히고 있고요. 제가 선생을 처음 알게 된 때는 소위 신군부가 계엄군의 총칼을 앞세워 제5공화국 시대를 연 뒤 바야흐로 집권 후반부로 접어들 즈음이었습니다. 언론 자유가 제한돼 있던 시절이었고, 제 피가 아직 뜨거운 20대 후반이었으니 선생의 행적이 눈길을 끌지 않을 수 없었던 거지요. 지방의 정치권력을 향한 비판을 시로 드러낸 일로 체포령이 내려졌고, 이를 피해

달아났다 쓸쓸히 죽어간 시인. 20세기 들어와 필화사건도 여러 건 있었고 꽤 알려진 저항시인도 몇 있었지만 선생은 좀 달라 보였습니다.

연산군 7년(1501) 선생이 율려습독관이라는 미관말직에 있으면서 국왕에게 상소를 올린 게 있더군요. "지금 세상 밑에 있으면서 새는 구멍을 잘 아는 이로는 나만 한 사람이 없습니다"라는 투의 당당함이 번역을 통해서도 잘 전해 왔습니다. 선생의 시는 중종 때 신용개가 엮은 《속 동문선(續東文選)》과 선조 때 허균이 엮은 《국조시산(國朝詩刪)》 등에 실렸지요. 이 책들이 중국에 전해져 청나라의 문인들이 선생을 조선을 대표하는 시인으로 알고 있다는 글도 봤어요. 제가 궁금해 하는 건 바로 이겁니다. 서얼인데다, 생몰연대 미상의 '흔적 없는' 사람인데 선생은, 선생의 시는 어째서 이렇게 남을 수 있었을까요?

그동안 선생의 생애에다 제법 그럴싸한 상상력을 얹어 보기도 했습니다. 선생이 살던 시기, 허균의 〈홍길동전〉의 실제 모델인 도적 홍길동이 잡혀 국문을 받았다는 기록을 보고 선생이 도망다닐 때 홍길동을 만나 시국론을 주고받는 장면도 상상했지요. 선생의 상소를 본 연산군이 선생을 고깝게 여겨 김해 현감에게 특별히 벌주라는 지시를 하지 않았을까 하는 생각도 해봤고요.

무엇보다 저는 집도 절도 없이 불안하게 유랑하면서도 뭔가 끝없이 생각하고 글을 썼을 선생을 상상했습니다.

선생은 그때 어디에 계셨는지요?

선생의 쫓기는 아픔과 꺼지지 않는 글쓰기 욕망이 만나는 지점을 저는 온몸으로 느끼고 싶습니다. 잠 못 이루는 밤이나마, 죽음에 이르는 선생의 그 시간을 느끼는 걸로 제 나태함을 채찍질하려 합니다. 다시 글을 올릴 때쯤이면 선생을 주인공으로 한 작품한 편을 드디어 완성했을 거라는 기대도 미리 말씀드려 놓습니다만, 그러지 못하게 되더라도, 혹은 그 작품이 기대에 못 미치게되더라도 나무라지는 말아주세요. ― 21세기 들어 십칠 년이 지나고 있는 때 올립니다.

17살에 만나야 할 우리 얼잡이 **17**

1쇄 발행일 | 2017년 1월 20일

지은이 | 박덕규
펴낸이 | 정화숙
펴낸곳 | 개미

출판등록 | 제313 - 2001 - 61호 1992. 2. 18
주소 | (04175) 서울시 마포구 마포대로 12, B-127호(마포동, 한신빌딩)
전화 | (02)704 - 2546
팩스 | (02)714 - 2365
E-mail | lily12140@hanmail.net

ⓒ 박덕규, 2017
ISBN 978 - 89 - 94459 - 76 - 9 03810

값 12,000원

*한국출판문화산업진흥원 2016년 우수출판콘텐츠 제작 지원 사업 선정작입니다